集英社オレンジ文庫

リーリエ国騎士団とシンデレラの弓音

—翼に焦がれた金の海—

瑚池ことり

本書は書き下ろしです。

Contents

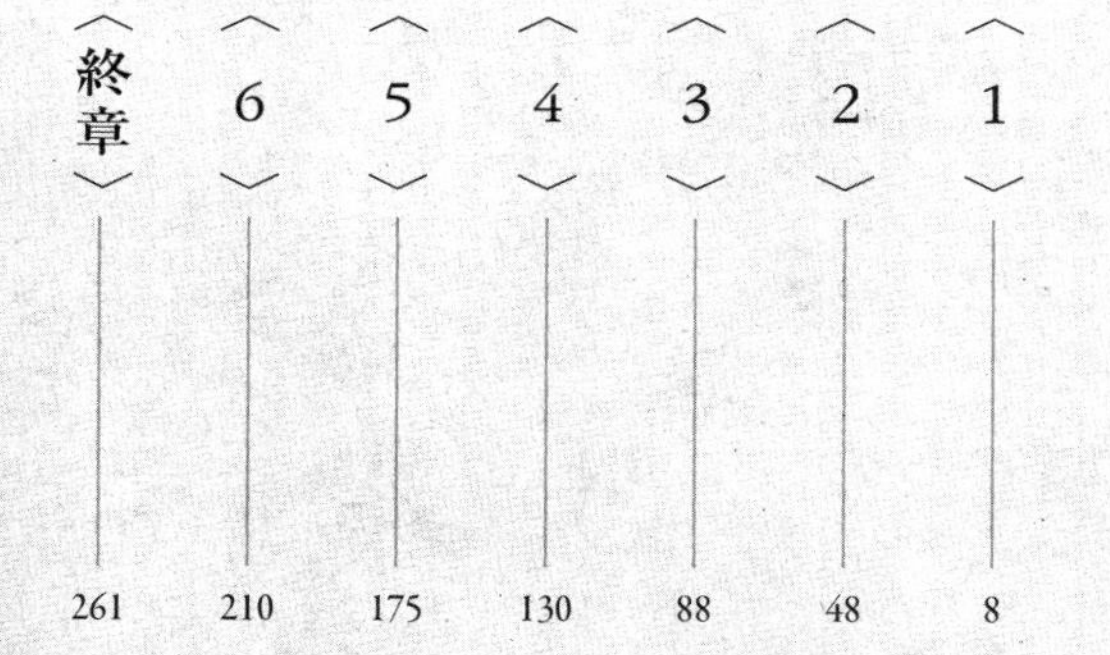

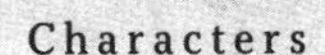

Characters

リヒト

甘い顔立ちの若き騎士。
ニナの才能を見出し、
騎士団へ勧誘する。
ニナの恋人。

ニナ

優秀な騎士を輩出する村に
生まれながら剣を振るえない。
戦闘には役立たない
短弓であれば、
誰より器用に扱える。

ロルフ

ニナの兄で、
リーリエ国の〈隻眼の狼(アイン・ヴォルフ)〉
と呼ばれる騎士。
とある事故で
左目を失っている。

ベアトリス
〈金の百合（ゴルト・リーリエ）〉と呼ばれる
リーリエ国の王女。
勇敢な女騎士。
メル
ニナが南方地域で出会った、
意志を持たない
人形のような少女騎士。
ユミル
キントハイト国
騎士団の副団長。
冷徹な切れ者。
イザーク
キントハイト国
騎士団の団長。
〈黒い狩人（シュバルツ・イエーガー）〉と
呼ばれる、
現在の破石王。

イラスト／六七質

リーリエ国騎士団と
Lily Nationale Ritter Erzählung
シンデレラの弓音
―翼に焦がれた金の海―

1

「――んなわけで、ロルフの隊は左翼、おれの隊は右翼だ。この公認競技場には慣れてるし、天気も足場も悪くねえが、マルモア国の女騎士どもはとにかくちょろちょろしやがる。気を張ってようく見ていけよ。赤毛だの栗毛だのに鼻の下をのばしてんじゃねーぞ」

「鼻の下って言われても、ここは馴染みの娼館じゃないっすよ副団長？」

「うるせえ黙れ。あいだの休憩になったら復帰した奴らと入れかえだ。言っておくがおれは、まえの副団長みてえな人格者のなんでも屋じゃねえからな。腹が痛えとかしょんべんしてえとか、びびっちまったとか腕がもげちまったとか、ああとにかく困ったことがありゃ早めに言え。正審判でも医療係でも、速攻で引っつかまえて連れてきてやる」

「いや副団長、それじゃあほとんど子供のお使いを心配する親父っすよ？」

「だから黙れって言ってるだろ。こっちは副団長就任のお披露目でただでさえてんぱってるんだ。観覧台にゃ面倒くさいお偉いさん連中も来てるし、よけいな茶々入れるんじゃねえよ。ともかく以上だ。親善競技だからって手え抜くなよ。殺しちゃなんねえが殺す気でいけ。おれは辛気くさい酒が大嫌いだ。勝利の美酒以外はぜったいに認めねえ。いいなおまえら？」

「承知！」

ヴェルナーの言葉に、団員たちが右拳を左肩にどんとあて、力強い立礼で答える。

リーリエ国王都ペルレ近郊。駐屯地の団舎から北西に馬で半日ほどの、公認競技場であるノルト・エルデン城の大競技場。

東側の陣所に集う屈強な大男たちの後方で、戦闘競技会用の甲冑と軍衣を身にまとったニナは、引き気味にあとずさって立礼をした。

――なんでしょう。〈承知〉の声が、〈へい親分〉に聞こえた気がします。

リーリエ国騎士団に正式入団して半年ほど。小柄な自分には巨人族に等しい強面の男たちとの共同生活も、競技場にて命石を奪い合うのにもすでに慣れている。けれど新副団長ヴェルナーの物騒な下知に太い声で答えた団員たちの姿は、山道を通る隊商の後ろで襲撃の算段をしている野盗の集団にしか見えない。

いいのかなという気持ちで団長ゼンメルに視線をやると、陣所のすみで丸椅子に座る知的な風貌の老騎士は、我関せずといった様子でハーブ茶をかたむけている。出立前に団舎で通告したとおり、副団長就任を記念する親善競技は、出場騎士の選定から細かな戦術にいたるまで、その采配をすべて任せるのが慣例らしい。

親善競技とは二カ国の国家騎士団が、友好や調整を目的としておこなう戦闘競技会の一つだ。

国名を冠する騎士団が競技する以上、要請を受けた国家連合審判部が仕切るのが普通だが、位置づけとしては各人の戦績が記録に残る公式競技会にはあたらない。

したがって武装した騎士が互いの兜に戴いた命石を割り、その数で勝敗を競う戦闘競技会のなかでは、訓練の延長線上として考えられている。人数は基本通りの十五名対十五名で、リーリエ国の今回の対戦相手は、北に国境を接するマルモア国。

昨年の西方地域杯で対戦したマルモア国とは、過去に遡っても交易や領土での大きな対立はなく、関係は比較的良好だ。それゆえ副団長就任を記念する親善競技の申し込みにも二つ返事で快諾し、騎馬にて四日ほどの遠路を惜しまずノルト・エルデン城まで出向いてくれた。

馴染みのある国内の公認競技場で、勝手知ったる相手と、さほど勝敗にこだわらなくてもいい親善競技。活気はあるが緊迫感にはやや欠ける陣所で開始のときを待ち、ニナはオドとともに、競技会用の備品を使いやすいようにととのえはじめる。

中央の木卓に果実水（かじつすい）の壺（つぼ）と蜂蜜（はちみつ）に浸けたシトロンをのせ、三月から加わった負傷療養明けの団員三名をふくめた十九名ぶんの木杯を並べた。汗拭き布の数をかぞえたところで、ニナは予備の装備品の脇にある応急手当の道具に、ふと視線を向ける。

あらためて確認するまでもない。段差のある奥の板の間に置かれた消毒薬や包帯が入った籠（かご）のそばには、医術に明るくさりげない気づかいで騎士団を支えていた、穏やかな顔立ちの騎士の姿はない。

——やっぱり変な感じです。公式競技会でも模擬競技でも、はじまるまえはオドさんと三人で、いつも準備をしていたのに。

屋根と柱からなる、四方があけ放たれた構造の陣所。

ニナは青海（あおうみ）色の目を寂しさに細めて、北東の空に視線をやった。

爽（さわ）やかに晴れわたった春空の先。中央火山帯のテララの丘で四女神（デア・ファトス）の軍衣を着ているだろう、司祭であった先の副団長に思いをはせる。

副団長クリストフがリーリエ国騎士団を離れ、国家連合の職員となることが発表されたのは、三月の初旬（しょじゅん）だった。

重要な話があると団舎の食堂に集められた午後。マルモア国との親善競技の開催とともに告げられたのは、クリストフの退団と〈中年組〉ヴェルナーの新副団長就任。

呆然としたのもつかの間、翌日には団舎を出立するとのクリストフに、やべえ、急げと、団員たちは血相を変えて宴会の用意に走った。夕の鐘を待たずにはじめられた酒宴は、料理婦ハンナの大皿が長机を埋めつくし、地下の倉庫から運ばれた酒樽が壁の団旗を隠すほど積みあげられ、惜別の寂しさを感じる余裕もない大騒ぎ。

肉だ酒だと配膳に追われ、調理場と長机を汗だくで往復したニナは、木盆を持ったまま別れの挨拶するのがやっと。柔らかく微笑んでニナの活躍と健康を祈念してくれたクリストフが、喧噪のなかでヴェルナーとふたり、しみじみとした表情で話しこんでいた姿がやけに印象に残った。

団員たちが二日酔いの頭を抱えた翌朝。餞別とばかり酔い覚ましの薬湯を用意したクリストフは、国家騎士団の証たる騎士の指輪を執務室に返した。歴代の団員が眠る前庭の十字石に祈りを捧げ、名残を惜しむように団舎を眺めると、静かな立礼を残して旅立った。

ニナとクリストフの関係は、あくまで一団員と副団長としてのもので、個人的な付き合いはない。事務や雑事を一手に引き受けていた副団長はとかく多忙で、いちばん言葉を交わしたのは西方地域杯での硬化銀製武器をめぐる一件だったと思う。古参の団員にとって入退団は珍しくないだろうが、それでもニナには初めての経験だ。

突然の呆気ない別れに戸惑い、けれど事前に聞かされれば別離の辛さが長くなったかも知れないと考えた。旅立った日の午後には負傷療養を終えた〈中年組〉の三名が復帰し、団舎が活気づいたことも合わせて如才ない気配りだったのかと想像すると、ただ切ない寂しさがつのるのだが――

東の空を眺めていたニナは、ぶるぶると首をふった。

親善競技の日に感傷的になっている場合ではない。不在に慣れないのは事実だが、あまりにこだわるのも新副団長のヴェルナーに失礼だ。それに戦闘競技会を運営する国家連合で働くのなら、いつかどこかの競技場で再会できる機会もあるかも知れない。

――そうです。先の副団長には、二度と会えないわけではないのですから。

言い聞かせるように考えて、ニナは自然と左の頬に手をやっていた。

三カ月ほどまえのガルム国での一件で、〈赤い猛禽〉ことガウェインに負わされた太刀傷。邂逅の叶わぬ世界へと消え去った赤い髪の騎士に刻まれた、左目の下あたりを横に薙いだ傷痕は、幸いなことに薄くなり、光の加減で見えるかどうかにまで治癒している。

なんとなくうつむいたとき、背後から朗らかな声が聞こえた。

「――ごめんニナ、遅くなって！」

振りむくと、陣所の入り口に恋人騎士リヒトの姿があった。

甲冑の上に濃紺色の軍衣をまとい、凧型盾と兜を小脇に抱えたリヒトは、軽く息を切らせている。よほど急いで身支度(みじたく)をしてきたのだろう。長毛種の猫を思わせる金髪は乱れ、甘く端整な顔は薄く汗ばんでいる。

盾と兜を陣所の隅に置き、リヒトはニナのもとへ歩みよる。

小作りな顔立ちも肩までの黒髪も、己の腹ほどの背丈の華奢(きゃしゃ)な身体(からだ)も、すべてまとめて腕のなかに抱えこんだ。

ぎゅっと力を入れて温かい感触をたしかめる。安堵(あんど)の息を吐き、拘束(こうそく)をほんの少しゆるめると、艶(つや)やかな黒い髪に唇を落とした。

軽く肩を跳ねさせたニナに、愛(いと)おしそうな苦笑をふわりと浮かべる。

「もっと早く戻るつもりだったんだけど、ノルト・エルデン城の観覧台、公認競技場だからか無駄に広くてさ。親善競技を午後のお茶会の余興(よきょう)扱いしてる、暇そうな貴人連中がけっこう来てて、ベアトリスが青年貴族に囲まれたり、軍務卿(ぐんむきょう)に挨拶するのに手間取っちゃって」

「それは、えと、リヒトさんも王女殿下も競技会まえなのに、王族のお役目をお疲れさまです。それよりあの、なんと言いますかリヒトさん、ここは陣所で――」

「しかも上司の軍務卿がいるのに、部下の連絡役貴族はいないとかひどくない？　父王からの返書がないか直接聞きたかったんだけど。〈ラントフリート〉の身分を返上する件、先々月から三度も手紙を送ったのになしのつぶてとか、そりゃあいままで完全無視してたおれも悪いけどさ」

「そ、それはせっかくの機会なのに残念でしたね。それであの、ともかくちょっと、この体勢は――」

恋人の腕に抱かれたまま、ニナは密着するリヒトと自分の身体のあいだに遠慮がちに手を入れる。

さりげなくあたりを見まわした途端、こちらを注視している複数の視線に気づいた。

兜の命石を確認している負傷療養明けの三名の団員や、競技場を囲む木杭を点検している審判部たち。ニナに対するリヒトの過度な接触は、リーリエ国騎士団では時刻を告げる鐘と等しい日常だ。ああまたか、と流されるだけで一瞥さえ向けられない。しかし慣れぬものなら唖然と目を見はるほどの親密さで、ましてや時と場所というものがある。

あいつら大胆だな、ここって競技場だよな、最近の若い奴らはさ。呆れとも感心ともつかぬ、復帰団員たちの声が聞こえ、ニナは顔を赤らめて眉をよせた。

けれど興味のある対象物以外には感覚が動かないのか、リヒトは外野の反応などどこ吹く風で、下を向いた恋人の頰を優しくなでる。

「会うの朝の鐘以来だね。なんど見てもおれのニナはやっぱり可愛い。そういえば甲冑、一人でつけられた？　酒臭い親父連中が気配りできるとも思えないし、予備の装備品とか果実水の壺とか、運ぶの、重くて大変じゃなかった？」

「か、甲冑は、肩口の連結ベルトだけはオドさんに手伝っていただきました。荷物の運搬も競技会の準備も、いつものことですし、ぜんぜん問題ありません。あ、あのリヒトさん、わたしその、まだ準備の途中なんです」

恥ずかしさの限界となったニナは、不自然を承知で唐突な声をあげた。

身を屈めて腕のなかから抜けだすと、目についた空の木桶を手にする。あいだの休憩で使う水はオドが汲んできてくれたが、ひとまずここから離れて、熱くなった顔でも洗ってこよう。

場違いな甘い雰囲気を断ち切るように、軽く頭をさげて身をひるがえしたが、しかし小さな身体は不意に後方へとかたむく。え、と見あげると、腕をのばしたリヒトが木桶の持ち手をつかみ、少し困ったふうに眉根をよせていた。

「……井戸に一人で行かせるのは、ちょっと駄目かな。ここはガルム国じゃなくてリーリエ国で、観覧台の貴族連中のために軍務卿が警備の兵を連れてきてるのも知ってる。心配しすぎは自覚してるけど、まえの事件があるからさ」

少し強引に木桶を受けとると、その代わりにニナと手をつなぐ。いっしょに行こう、と首をかしげてねだられ、ニナはぐ、と喉を詰まらせた。

逃げるはずが墓穴を掘った格好となり、先ほどから投げられている復帰団員たちの視線がいっそう強くなった気がする。けれどガルム国の公認競技場でニナがガウェインにさらわれたのは、襲撃の危険性を注意されながら、不用意に一人で井戸に向かったのが発端だ。その事実と再会時のリヒトの憔悴ぶりを思いだせば、とても否定の言葉が言える立場ではない。

つないだ手の指を交差する形でからめられ、耳の先まで赤く染めたニナは、青海色の目を羞恥に潤ませる。

――でもあの件をふまえても、最近のリヒトさんはなんだか様子がちがいます。雰囲気が恥ずかしいというか、いろいろ度が過ぎているというか。

リヒトは初対面から親しみやすい青年で、距離感も近く気軽に触れてくる人だった。けれどそれは大きな猫に懐かれているに近い感覚であり、人前でも特別に気にならなかったが、このところ少し変わった。

視線も接し方もやたらと甘く、触れあうことに遠慮がない。時間の許すかぎりそばにいて、愛情や心配を惜しげもなく表現する態度は、ときに過剰で、申しわけないけれど過保護だと感じることもある。

時期としては先の副団長が退団する決定を聞いたころからで、だとすると森で弓の試し打ちをしたときの恋人らしい〈その手〉の出来事が、リヒトのなかでなにかの〈線引き〉を動かしたのだろうか。

彼の思いなどニナには知るよしもないが、せめて人目や状況を考慮した態度をとってほしい。案じてくれる気持ちも嬉しいけれど、もう少し一人で行動させてもらいたい。けれど同時に真っすぐな好意は嬉しいし、反省すべき失態で辛い経験をさせてしまった負い目もある。

したがって自分の希望を口に出していいのかどうか、恋愛的な知識に疎いこともあり、ニナには自信をもって判断できない。どうしようどうしようと考え、結論を出すのに時間がかかるのはニナの性分だ。悩んでいるうちに流されて、結局は羞恥をのみ込む毎日となっている。

唇を結んだニナを引きつれ、リヒトは鼻歌まじりに歩きだす。井戸ってどっちだっけ、ああ控室の横なんだ、と上機嫌なその肩に、無骨な手が乱暴にのせられた。

足を止めて振りむくと、新副団長ヴェルナーが苦々しい表情で立っている。

「おまえいい加減にしろよ。ところかまわずべたべたしやがって、〈弓〉がいまにも倒れそうじゃねえか。ただでさえ持久力がねえのに、守るべき〈盾〉が開始前から消耗させたら本末転倒だ。それにいちいち無駄に手助けしてたら、いざ有事ってときに動けねえだろうが」

団舎では見慣れた光景ではあるが、就任した立場と状況から諫めるべきだと考えたか。しごくもっともな正論に、けれどリヒトは新緑色の目をふっと細める。

仲の良い団員の延長線上ではなく、ようやく文字通りの恋人関係に近づいてきた二人になにを無粋な水をさすのかと、溜息をついて口を開いた。

「有事も平時も離れる気ないから、別に問題ないでしょ。ここは競技場の外でおれの所有権の範囲だし、木杭のなかじゃ〈騎士〉として対応するよ。ていうか馬に蹴られる野暮な真似してる暇があったら、団員の点呼をした方がいいんじゃないの。数もかぞえられないとか、柄にもなく緊張しちゃってさ。髭面の中年男がびくびく怯えても、気持ち悪いだけだから言っておくけど？」

「相変わらず小さいのとその他大勢じゃ、蜂蜜と岩塩ほどに態度を変える奴だなおまえはよ。つうか団員をかぞえろってどういう意味だよ。王女殿下とおまえが居館の観覧台で挨拶してから来るのは聞いてたし、あとはちゃんと全員そろって——」

言いながら陣所内を見まわしたヴェルナーは、野盗を思わせる苦み走った強面に、はっとした表情を浮かべる。

ちょっと待てと指をさして確認した。いるはずの二人の姿が見えないことに気づいて、愕然とする。

くだらない悪事で邪魔をされないと安心していたが、無駄な騒ぎを起こす丸皿に似た目の悪戯妖精がいない。リヒトが殴られもせず好き放題にニナをかまっていると思っていたら、無愛想でいて妹には甘い、リーリエ国の誇る〈隻眼の狼〉もいない。

ヴェルナーは大急ぎで周囲を見まわし、中央の木卓の下や予備の装備品の木箱をあけて確認する。そんな新副団長など気にもとめず、団長ゼンメルは顎の白髭をなでながら、ヴェルナーが団員たちに示した戦術図をふむ、と眺めている。

無口なオドの身振り手振りの説明によると、悪戯妖精ことトフェルの姿は、中庭の噴水付近で目撃されたのが最後らしい。兄の所在をたずねられたニナは、戸惑いつつ、朝食後に厩舎の脇で打ち込みをしていた以降はわからないと答えた。

先月頃にキントハイト国からの書筒を受けとって以来、兄ロルフはいままで以上に訓練に励むようになった。手紙の差出人は西方地域の破石王である同国の団長らしいが、いったいどんな内容だったのか。武具の調整を専門とするゼンメルに装備品の点検を依頼し、ここノルト・エルデン城の宿舎に来てからも、わずかな時間さえ惜しんで一心に剣を振っている。

もうすぐ競技開始だってのに、あいつらなに考えてやがるんだ。競技場で準備をしている審判部の様子をうかがい、ヴェルナーが中年組に捜索を指示したところで、とうの二人が控室からつながる回廊付近にあらわれた。

　側塔に参加両国の国旗を掲げた、〈銀花の城〉を思わせる白銀色の屋根も華麗なノルト・エルデン城。数層からなる貴人用の観覧台を後背に、甲冑と軍衣をまとったロルフは騎士人形さながらの完璧な立ち姿で、長い黒髪を春風に颯爽となびかせる。同じく競技会用の装いに身を包んだトフェルは、兜と盾を脇に挟み、にやにやと笑みを浮かべて両手になにかを隠し持っている。

　はーっと安堵の息を吐いたヴェルナーは、二人が陣所に入るなり遅参を注意する。開始時間より砂時計一反転まえには集合だろうと、眼光を鋭くした新副団長の前を素通りし、ロルフはニナの手をつかんでいるリヒトを押しのけた。

　ちょっと、という抗議の声を無視して、秀麗な顔に忌々しそうな表情を浮かべる。汚いなにかに触れられたように、妹の小さな指を軽くはたいて告げた。

「まったく心外だな。誠心を尊ぶべき公認競技場で不埒な行為を堂々とする、恥知らずな男と同列に扱われてはたまらない。国家騎士団員として時間厳守は当然の義務だ。おれたちが遅いのではなく、おまえたちが陣所に出るのが早いのだろう」

「そーそー。ロルフの言うとおりだって。マルモア国の女騎士に体調不良者が出て、出場騎士を組みなおすから開始を遅らせることにしたって王女殿下から聞いたぜ——って、なんだよ。いいところに木桶があるじゃん」

言うやいなや、トフェルはリヒトがさげていた空の木桶に腕をのばす。

合わせていた両手を開くと、緑色の生き物たちがいきおいよく飛びはねた。目を丸くしたニナの鼻先に、小さな蛙が両腕を広げてしがみつく。ひゃ、と腰から崩れた小柄な身体のすぐそばに、十数匹の蛙が散らばって落ちた。

「……すげえ。干物系は禁止っつうから中庭の噴水で〈生もの〉を捕まえてきたんだけど、やっぱ鮮度がちがうわ。鎧下のなかに突っ込んでやろうと思ったのに鼻を狙うとか、おれの出る幕ねーじゃん」

感心してうなずいたトフェルに、ニナを助け起こしたリヒトが、〈生もの〉じゃなくて生き物でしょ、ていうか絶対厳禁でしょ、と声を大きくする。

想定外の出来事に呆気にとられたのもつかの間、団員たちは大慌てで、ぴょんぴょんと跳ねまわる蛙の捕獲にかかった。

いくら勝敗にこだわらない親善競技といっても、審判部に見つかったら大事だ。国家騎士団としての規律を疑問視されるのはむろん、進行を妨げる異物を陣所に持ちこんだとして、始末書を求められる可能性もある。

目立たぬように大柄な身体を丸め、こそこそとけれど迅速に。そっちだ、おい早くしろよ、ちくしょう待てって、とよつん這いになって逃げる蛙を皆で集めていると、呆れたふうな艶やかな声が不意にかけられた。

「……ねえ、記念すべき親善競技なのに、あなたたち、いったいなにを遊んでるの？」

ようやく到着した王女ベアトリスは、〈金の百合〉と尊称される美貌に怪訝な表情を浮かべる。陣所の床に這いつくばっている屈強な男たちに眉をひそめ、春陽に煌めく金の巻き毛をかきあげると、後方の居館を肩越しに一瞥して告げた。

「まずいわよ。ノルト・エルデン城の陣所って、角度的に居館の観覧台から丸見えなのよ。臨席した王侯貴族が見学しやすいような配慮らしいけど、ヴェルナーはただでさえ野盗みたいな容姿が減点で、副団長として王城との折衝をするときに不利なのに。軍務卿が遠鏡で覗いてるいまだけでも上品で知的そうに装った方が、今後のためじゃないかしら？」

「岩塩の次は辛辣な微塵切りとか、おまえら姉弟はむかつくほど似てやがるな。つか戦闘競技会まえに誰が好きこのんで遊ぶか。だいたい開始時間が遅れるってなんだよ。おれはぜんぜん初耳だぞ！」

怒りをはらんだヴェルナーの言葉に、ベアトリスはあっと口元をおさえた。

観戦に来た貴族を出迎えた居館の玄関で、ちょうど行き合ったマルモア国の女騎士から、開始時間遅延の要請を受けた。近くにいたトフェルとロルフにはそのまま話し、宿舎のヴェルナーにも伝えるつもりが、貴族の歓待に追われるうちに忘れてしまったことを、ようやくにして思いだす。

ごめんなさい、うっかりして、と不注意を謝罪する自国の王女に、ヴェルナーはあげかけた怒声をすんででのみ込んだ。

明朗にして闊達。ずけずけとした物言いながら王女の身分をたてに偉ぶることはなく、王城で女官にかしずかれるより団舎での共同生活が気楽だと喜ぶ。頑健な男騎士に混じっても見劣りしない体格と腕力をそなえ、戦女神のごとく華やかに競技場を駆けるベアトリスは、ここ最近はっきりと調子が悪い。

表情はどことなく精彩を欠き、伝達事項や予定の失念が目立ち、ふと気づくと人の輪から離れて考えこんでいる。中年組があわてて料理を確保するほどの大食漢のはずが、王城の料理より好きだと公言するハンナの家庭料理にもあまり皿が進まない。訓練の一種である実戦形式の模擬競技でも、背後を取られたり無駄な失石数を記録するなど、些細な失態をかさねている。

王女の立場で難しい問題でも生じたのか、単純な疲労や体調不良か、それともガルム国の一件でのロルフとの口論が原因なのか。団員たちは気にはしつつも、声をかけるのがためらわれる雰囲気に、現時点では遠巻きに様子を眺めるにとどめているが。

ヴェルナーは逞しい胸を膨らませて長い息を吐いた。

対応に迷う心をあらわすように、羊毛のごとく密集する顎髭をいじっていると、中年組が捕まえそこねた一匹の蛙がその毛先にぴょんと飛びつく。

はたと気がつけば準備万端にととのえたはずの陣所内は、捕獲作業の影響で木杯が転がり汗拭き布が散乱し、酒宴さながらに荒らされている。己の下知で引きしめた団員の闘志と集中力も、むろんのこと霧散し、濃紺色のサーコートを引きずって小動物を追うさまは、親の目を盗んで悪戯の後始末をする子供に似ていた。

リーリエ国騎士団の新副団長は、強面をゆがめて拳をにぎる。

救いを求めて視線をやれば、団長ゼンメルはまったくの他人顔で、木卓の戦術図を見おろしている。鼻の上の丸眼鏡をかけなおすと、詰めが甘いと言いたげに、ヴェルナーが置いた騎士を表す駒を軽くつついた。

「因果応報だな。注意と謝罪と後始末に追われていた、先の副団長の苦労がようやくわかったか。いままで好き勝手にしていたつけを返すには相当にたいへんだろうが、わしの平穏な余生のために、ここはあえて荒療治だ」

予想外の騒動や連絡の不手際が影響したのか、やがて開始されたリーリエ国とマルモア国の親善競技は、マルモア国の有利で展開した。

前半開始早々、連携の不備でベアトリスが命石を打たれ、それに巻きこまれる形で中年組の二名が命石を割られた。個々の実力では勝っていても、序盤での三名差は大きく、またマルモア国騎士団はリーリエ国の戦術や団員の性質をじゅうぶんに理解している。

観覧台の貴族諸侯から溜息がもれるなか、ロルフを起点とすることでどうにかしのぎ、前半終了時点の人数は十四名対十名。昨年の西方地域杯で勝利した相手と、戦い慣れた自国競技場での開催ということで、優位は確実だろうとの予想から一転してまさかの劣勢。

しかしその窮地で逆に、柄にもない過度の緊張が解けたのか。事務型であった先の副団長に対し実戦型とでも言うべきヴェルナーは、すかさず戦術を練りなおす。団舎歴が二十年ほどで、先代の団長の采配も制裁的軍事行動をも経験した熟練の騎士は、状況に応じた臨機応変の対応が可能だ。

マルモア国が動きを把握していない復帰団員を中心に、二つに分けた隊を一つに再編成。数の不利に焦らず地道に差を詰め、最終的には八名対七名で辛くも勝利した。

副団長就任の披露目として最低限の結果だけはどうにか出したヴェルナーは、終了の銅鑼が鳴るなりがっくりとしゃがみ込む。そんな姿を陣所から眺めていた団長ゼンメルは、首の皮一枚だな、と薄く笑った。

前半こそ隊列の乱れから防戦に追われたニナだが、後半では兄ロルフの三個に次ぐ二個の命石を射ぬくことに成功した。リヒトはヴェルナーに断言したとおり、競技場のなかでは確実に〈騎士〉として行動した。以前のように騎士団よりニナを優先することもなく、ニナから離れて緊急度の高い味方の守りを助け、命石を自ら取らずとも〈盾〉としてリーリエ国の勝利に貢献した。

競技場の外では過剰な態度に悩まされたものの、公私を分けた姿勢や事実として得られた結果を考えれば、これはこれでいいのだろうか。

親善競技終了後、怪我はないか疲れていないか、かいがいしく甲冑の着脱を手伝うリヒトに、ニナは喉元まで出た「一人でだいじょうぶです」の言葉をのみ込んだ。居館の控室まえで群がってきたマルモア国の女騎士たちに対し、執拗な〈おさわり〉に辟易したリヒトに抱えられて運び去られたときも、「もう少し話したいです」の一言が言えなかった。

自分が知らないだけで、恋人同士とはこういうものなのだろうか。昨年末に故郷のツヴェルフ村に帰ったとき、同じ年頃のカミラたちに相談すればよかったろうか。

そんなふうに曖昧な気持ちで団舎に戻り、ふたたびいつも通りの日常がはじまった。ときに度が過ぎるリヒトの行動にほんの少し悩まされつつも、目の前の幸福にまぎれ、流される形で受け入れて過ごしていた――けれど。

リヒトは無言で腕を組んでいる。

リーリエ国の王都近郊。〈迷いの森〉と呼ばれる樹林帯に隠された、団舎ことヴィント・シュティレ城。

女性団員の宿舎である西塔の三階には、麗らかな春の午後にも相思相愛の恋人同士にも似合わない、どこか張りつめた空気が流れている。

出窓からの陽が射しこむ、壁際の暖炉にほどちかい長椅子。

先ほどから黙ったままのリヒトの隣に座り、ニナは小柄な身体を緊張でさらに小さくする。膝小僧をきつく合わせ、肩をちぢめて腿の上の拳をにぎった。

午後の鐘は少しまえに鳴ったけれど、すでに時間の感覚さえ曖昧だ。おそるおそる左隣のリヒトをうかがうが、普段は陽気な猫のような金髪の青年は、やはり口を開かない。甘く端整な顔立ちには珍しい静かな表情を浮かべ、ニナの説明が終わってからずっと、目の前の木卓を見おろしている。

長椅子でお茶を飲んだり繕い物をしたり、弓矢の手入れをするときに使用する低い木卓には、両手で抱えられるくらいの飾り箱が置かれていた。蓋の部分に小花模様が彫られた木製の飾り箱は、ニナが大切な品物を保管するために、正式入団して最初に得た給金で購入したものだ。

真っ先に入れたのは、リヒトと初めて王都を訪れたときに買ってもらい、野盗の襲撃で破れてしまった青いドレス。兄と出かけた際に拾った銀杏の葉や、西方地域杯で射ぬけた命石の欠片。団長ゼンメルに紹介された猟師に譲られた弓術の書物と、団舎の前庭で見つけた珍しい形の木の実や綺麗な硝子片や──ガルム国の〈赤い猛禽〉、王子ガウェインが残した軍衣の端切れ。

──どうしましょう。リヒトさん、ずっと黙ったままです。まさか、こんなことになるなんて。

頭のなかは真っ白で、背中をつたう嫌な汗が冷たい。渇いた喉で無理につばをのみ込み、ニナはにぎった拳に力を入れる。

発端は思いがけない出来事だった。

庶子としての〈ラントフリート〉の身分を返上する件につき、連絡役貴族を介して父国王に手紙を送っていたリヒトは、三度出しても届かない返事に業を煮やし、王都ペルレの王城に出向くことにした。しかし前触れもない〈銀花の城〉の訪問で、父国王オストカールは郊外の侯爵邸に招かれていて不在。ならば連絡役貴族はどうかと、その上役であり王城の守備を預かる軍務卿の元を訪れるも、こちらも所用にて外出中。

仕方なく父国王の身のまわりの世話をする侍従長に伝言を託し、あてが外れたとばかりに城下の大通りをぶらついた。屋台でお土産のクーヘンを買い、なんとなく馴染みの古着屋に立ちよったところ、店主からやっと入手できたと声をかけられた。

青いドレスの修繕を希望していたニナは、昨年の秋に兄ロルフとこの古着屋を訪れ、同じ材料がないかを確認していた。蝶と花をあしらったレースと深い海色のリネン製生地。異国からの転売品らしいドレスの素材は、そのときは見つからなかったが、気を利かせた店主が近隣の同業者に話をとおし、幸運にも入手できたのだという。

店主の気づかいに抱きついて感謝したリヒトは、大喜びで団舎へと馬を走らせた。昼食の片付けを手伝っていたニナに報告して、さっそく現物と合わせてみようと西塔三階のニナの自室にあがり、飾り箱をあけて目に入ったのは薄汚れた緋色の布きれ。

——うん？　なにこれ。穴があいてるしずいぶんぼろぼろだけど、これも繕うつもりの

ハンカチとか？　にしては厚みがあるし、ニナが使うには意外な色合いだけど……ってい
うか、なんかこの緋色、見覚えのある感じだよね。
　両手に持って広げ、既視感のある猛々しい赤にまさかと視線を向ければ、果たしてニナ
は表情を変えている。
　探していた修繕材料の発見に喜ぶあまり、そこに保管していたことを失念していたのだ
ろうか。あの、それは、と動揺する恋人の姿に、リヒトの声音は自然と詰問調になる。
――待ってよ。……本気で？　これって本当にガルム国の？　生地の感じと縁取りから
するとサーコートの一部に見えるけど、でもなんで？　どういうこと？　どうしてニナが、
ガルム国騎士団の軍衣の端切れを持ってるわけ？
　ガウェインに連れ去られてからの経緯につき、ニナは再会後の昏倒から目覚めたリヒト
におおよそのことは話していた。怖いけど知りたいと請われ、ヘルフォルト城から千谷山
までの行程や、覚えているかぎりの会話や食事の内容にいたるまで。
　それでも痛々しい殴打の痕が残るニナの顔や手足を見て、〈盾〉として守れなかったと
己を責めるリヒトに、受けた暴力の詳細は明かしていない。城塞の物見台から落下するガ
ウェインを止めようと弓を射た行動も、残された軍衣を持ち帰ったことが後ろめたくて、
話すことができなかった。

ニナにとってのガウェインは、はからずも十日間の旅路をともにした相手であり、昨年の裁定競技会で対戦した以降の〈赤い猛禽〉だ。

それ以前の三度の裁定競技会でリーリエ国騎士団が受けた被害については、王女ベアトリス自ら勧誘活動をしていたほど退団者が相次いだことや、騎士団員デニスが〈事故〉という形で命を落としたことを聞いている。けれど実際に経験するのと耳にしただけでは苦難の重みはちがうし、この春に復帰した中年組の三名も、複数箇所の骨折で年単位の長期療養を余儀なくされていた団員だ。

そういう背景を鑑みれば、憎悪と畏怖の対象だろうガウェインの遺品を所持するなど許されるはずがない。処分すべきだと頭では理解して、城塞を出立するまえに捨てようと谷の崖縁まで行ったが、結局は持ち帰ってしまった。血や汚れの染みついた布片を丁寧に洗い、飾り箱にそっとしまった。

それが予想外の形でリヒトに露見してしまい、ニナは物見台での顚末を説明せざるを得なくなった。谷底へと身を躍らせるガウェインに矢を放ったが止められず、この端切れは物見台の柵に縫いとどめてちぎれた軍衣の一部であること。話を聞き終えたリヒトはそれきり黙りこみ、居心地の悪い沈黙がただ流れる結果となったのだが――

「……なるほどね。おれが気を失ってたあいだに、そんなことまであったんだ」

ようやく発せられた言葉に、ニナは華奢な肩をぴくりとゆらす。

どんな表情をしているのか。うかがうように左隣を見あげると、リヒトはふーっと深い息を吐いた。

腕を組んだ姿勢のまま、伏し目がちな新緑色の瞳で木卓を見やる。お土産のクーヘンが入った紙袋と古着屋で分けてもらった生地の横。広げられた緋色の端切れを眺めながら、力ない微笑みを浮かべて告げた。

「ていうかニナはやっぱりすごいよ。峡谷の対岸からゼンメル団長の大剣を射ぬいたときも思ったけど、そんな状況でも咄嗟に決断できるんだ。普段は些細な悪戯でもおろおろ動揺するのに、緊急時は逆に思い切りがあるっていうかさ。なんかおれ、天幕でみっともなく昏倒してた自分が、いまさらながら本気で情けない感じ？」

「そ、そんな。リヒトさんはあのとき本当に疲れていて、倒れてしまったのも仕方ないです。それにすごいとかじゃなくて、峡谷でも物見台のときも、夢中で弓を射ただけです。ガウェイン王子については、結局なにも――」

「だけどおれが知りたいのは〈経緯〉じゃなくて、〈理由〉なんだよね」

首を横にふったニナの言葉を、リヒトは唐突にさえぎる。

理由、と戸惑い顔でくり返すと、長椅子の左横に座るリヒトは、不揃いな金の髪を少し乱暴にかきあげた。

「……物見台から落下したガウェインが軍衣の一部だけ残す結果になった、その過程はわかったよ。うん。なんていうかニナらしい行動だし、騎士としても立派だと思う。だけどなんでニナは奴の軍衣を、わざわざ団舎まで持ち帰ってきたわけ？」

「え、えと、あの」

「しかもこの飾り箱、ニナが大切なものを入れるための場所だよね。おれ、破れたドレスをそれでも捨てないで、西方地域杯のときに街で修繕材料を探してくれたこととか、真剣に感動してさ。品物だけじゃなくて気持ちを大事にしてくれてるんだって。だけどなんでその場所に、〈赤い猛禽〉の軍衣が入ってるの？　ちょっと混乱するっていうか、理解が追いつかない。ニナにとって奴は、おれと同じくらい大切な存在って意味？」

「お、同じとか、ちがいます。わたし、そういうつもりじゃ」

「そういうつもりじゃなきゃ、いったいなんだろ。だって〈赤い猛禽〉の所持品なんて、過去の災禍を考えたら見るのも嫌なはずだし、ニナだって散々な目に遭わされたよね？　おれたち団員だって大騒ぎして必死に探して、西砦の兵から王城の軍務卿まで動く事態になって、キントハイト国騎士団まで巻きこんでさ。そりゃあ硬化銀製武器の密造の件ではむしろ良い方向に転がったけど、でもそれは結果論であって、元凶が奴の暴挙ってのは変わらない。そうじゃないの？」

愛情に満ちた普段の甘さが想像できない、退路を断つようなきつい言葉の数々。その落差に戸惑い、矢継ぎ早にたたみかけられたニナは、固く身をすくませる。

にぎった拳で胸をおさえた姿に気づき、リヒトは、はっと表情を強ばらせた。

待って、ちがう、と首を横にふる。唇を噛んで眉をよせ、けれど内心で荒ぶるなにかに押し切られたのか、声音をいくぶん和らげてつづけた。

「……ごめんね。ちょっと言い過ぎ。でも別に、怒ってるわけじゃないよ。ただ〈理由〉が気になるっていうかさ。だって自分の恋人が隠し事っていうか、ほかの男の軍衣を内緒で保管してたら、やっぱり知りたいし。本当、ニナはなんで、こんな捨てても当然のものを持ってるのかな」

「な、なんでって」

あらためて問いかけられ、ニナは木卓に広げられた緋色の端切れに視線を向けた。

王子という出生を考えればあまりにみすぼらしい、けれど戦いにのみ生きた〈赤い猛禽〉にはある意味でふさわしいのか。鮮血と悲鳴とともに競技場にひるがえった、軍衣の一部を残して去った赤い髪の騎士を思いだし、青海色の瞳を頼りなくゆらす。

ニナがこれを処分できなかったのは、この端切れがガウェインの心の欠片のような気がしたからだ。〈赤い猛禽〉として倒れた彼の、騎士としての生きざまや、結局は満たされなかったなにかの名残に思えたから、捨てるべきだと理解していても無理だった。

異形を忌まれ、他者に認められるために恐怖の対象となる自身を選び、残酷な競技会運びで幾多の騎士の将来を奪い、獣となることでしか生きられなかったガルム国の王子。千谷山の洞窟ではからずも触れてしまった人としての心は、おそらくはガウェイン本人も気づいていなかった思いだ。自覚すれば強固な己が瓦解すると、どこかで蓋をして目をそむけていたのか。だからこそ不用意にそれに触れたニナに対し、我を忘れるほど激高したのかも知れない。

ガウェインが奪った無辜の命や、輝くはずだった将来を思えば、不幸な幼少時を鑑みてもなお許せない気持ちはある。けれど国や立場や感情を越えて、彼の存在を支えていた騎士の心は、なによりも尊ぶべきものではないのだろうか。あのとき垣間見た——見せてくれた思いは、千谷山の洞窟を密かに満たしていた湧水のように、この先もニナの胸にのみ抱いておくべきものではないだろうか。

それとも人前での過度な行動や心配に、複雑な思いをのみ込んだように。恋人とは心に秘めておきたいことまで、すべて話さなければならないのか。隠し持っていた事実はきっとリヒトを傷つけた。理由を知りたがるのは当然で、だけど自分は、そうであっても——

「――い、言えません」

唇が紡いだのは拒絶の言葉。

おどろいて口元に手をやったニナの姿に、リヒトもまた驚愕に息をのむ。

その返答が予想外だったのか、あの、えっと、と動揺するニナの顔を、どこか呆然と眺めた。見ひらかれた新緑色の目は自然と、左頬の傷にそそがれている。光の加減によってはいまだに薄く浮きあがる太刀傷は、谷底に消えた騎士の慕情に近い名残を思わせる。

王都の古着屋で感じた歓喜の反動と、心臓を冷たくつかんだ緋色の軍衣と彼女の否定。衝撃は胸に巣くっている暗い感情に火をつける。いつも己をあざ笑う翼の音が聞こえた。無理だと、届かないと。そんな負の声に意識を奪われたまま、のばされたリヒトの指先がニナの顔の傷に触れる。

頼りなく見あげてくる恋人に、空疎な声音で告げた。

「……匂いつけみたいで嫌だって言ったって、とっくにそうなってたのに、馬鹿だよね本当に。やっぱり駄目なんだよ。どれだけ走ったって、もともとがちがうんだからさ。いくらおれが――」

「――っ」

ニナが唐突に首をすくめる。

太刀傷のそばに赤く浮かんだ細い線に、なでたつもりが爪先で傷つけたことに気づいたリヒトは、弾かれたように手を引いた。あわてて謝ると、少し怯えた青海色の瞳に映る自分の姿から顔をそむける。片手で額をおさえ、身体の底からの深い息を吐いた。

「……なんだよこれ。もう真剣に最低。どうしてこんな——」

そのとき不意に、部屋の扉が叩かれる。

視線をやると扉越しに、リヒトの所在をたずね、連絡役貴族が来たと報せるトフェルの声がした。こんなときに、と眉をひそめたリヒトだが、父国王が〈ラントフリート〉の件で、侍従長の伝言を聞いたのかと思いなおす。ニナに中座をことわると、すぐ戻るから、と言いおいて、足早に部屋を出ていった。

閉まる扉の音を耳に、長椅子に一人残されたニナは、まるでぶたれたように呆然とした顔になる。

——なんだよこれ。もう真剣に最低。どうしてこんな。

胸に深く突き刺さるのは、苦しげにもらされた恋人の声。

待ち望んでいたものが見つかって、喜びにあふれるはずだった春の午後はもうどこにもない。混乱と動揺で、小刻みにふるえる手で喉元をおさえ、ニナは木卓を見やった。

緋色の軍衣の脇に、所在なげに置かれているドレスの修繕材料。

綺麗(きれい)にたたまれた青い生地と紐でくくられたレースのそばには、お土産(みやげ)のクーヘンの紙袋が、手をつけられることなくぽつんと放置されていた。

すぐ戻るから、と告げたリヒトは、しかし連絡役貴族の書筒(しょづつ)を受けとるなり執務室の団長ゼンメルに許可をとると、難しい顔で団舎を発(た)った。夕食の席でゼンメルが説明したところによると、どうやら〈ラントフリート〉として所有する領地で急を要する用事が生じたらしく、その日は結局帰ってこなかった。

気まずいまま中断された、互いに傷つけあうだけのやりとりを思い、ニナはむしろリヒトの帰宅が遅れたことに安堵(あんど)した。

それでも問題が解決したわけではなく、どんな顔で出迎えればいいのか、なにを話してどう対応したらいいのか。裏庭の小競技場で弓の的打(まとう)ちをしているときも、農夫であるオドと連れ立って菜園の手入れをしているときも、料理婦ハンナに前掛けを投げられ食事の配膳(はいぜん)を手伝っているときも、答えのない自問をただくり返した。

けれどリヒトは翌日も、その次の日も帰らない。

〈ラントフリート〉としてリーリエ国王家から与えられた領地の場所については、馬で半日ほどの王都近郊としか教えられておらず、詳しい事情はなにも知らない。猶予(ゆうよ)があると思った安堵から一転、さすがにニナが心配になったころ、連絡役貴族がふたたび団舎を訪れた。そしてその日の夜に団長ゼンメルから、〈火の島杯(イグニス・インスラ)〉の開催日決定と、リヒトが二カ月ほど自身の領地に滞在するとの報せがもたらされた。

〈火の島杯〉とはその名が示すとおり、火の島に存在するすべての国の国家騎士団が覇(は)を競う、島をあげての一大競技会だ。

戦闘競技会制度を運営する国家連合の、総責任者である議長選と同時開催されるもので、会場は国家連合本部のある中央火山帯のテララの丘。選挙で選ばれる議長の任期は一期につき四年で、二期までが限度とさだめられ、それに応じておこなわれる〈火の島杯〉は今年が八年ぶりの開催となる。

騎士の祭典ともいうべき大規模な競技会にあたり、七月の開催日までは国同士の問題解決手段である裁定競技会の実施は見送られる。したがって団舎に騎士を常駐させる必要性はなくなり、六月からの本格的な訓練開始を前提に、団員たちには最長で二カ月程度の行動の融通(ゆうずう)が認められるのが慣例となっている。

リヒトの領地滞在もそれに即した決定らしく、ニナはゼンメルからの説明のほかに、預かったという手紙を渡された。

領地を任せていた代官の不手際で問題が生じ、解決には時間がかかりそうな次第や、〈盾〉として訓練に携われないことへの謝罪と、健康と怪我に気をつけて過ごしてほしいとの気づかい。

先日の揉め事にはいっさい触れていない、丁寧だが事務的な文面を読み、ニナは正直なところ気が抜けた。リヒトが知らないあいだに団舎に一時帰宅し、ゼンメルと今後を協議してニナに会わずに領地に戻ったことには、片時も離れたがらない普段の態度を思うと、見放されたような寂しさを覚えた。

そんなニナに頓着することなく、団員たちは〈火の島杯〉までの期間を過ごす。

兄ロルフは訓練もかねた〈極めて不本意な私用〉だとして、キントハイト国騎士団長からの書簡を持ち、仏頂面で団舎を離れた。中年組の何人かは隊を組んで、実戦感覚を養うためにリーリエ国各地の地方競技会転戦へと旅立ち、オドは実家の畑の繁忙期の手伝いに帰省した。

ヴェルナーは副団長としての慣れぬ書類仕事に頭を抱え、白紙の報告書を睨みながら終日を過ごした。団長ゼンメルはそんな新副団長に、これも荒療治だな、と手を貸すことなく、〈火の島杯〉での出場騎士の選定や模擬競技の段取りを組む作業に専念した。

酷暑との戦いになるだろう夏場の戦闘競技会を見すえ、ニナはトフェルとともに団舎を囲む森の走路を周回したり、弓の的打ちをして日々をかさねた。

けれど曖昧な状態でリヒトと離れた事実が次第に心を重くする。ドレスの修繕材料を手に食堂に飛びこんできたときの笑顔や、ガウェインの軍衣を見た瞬間の強ばった表情を思いだすと、理由を明かすことを拒否した自分は正しかったのか、不安や焦燥感に苛まれた。

日常生活でも〈盾〉であるリヒトの不在に、トフェルは最初こそ〈玩具〉で自由に遊べると丸皿に似た目を輝かせたが、地下世界の悪鬼を摸した仮面にも巨大百足の標本にも反応の鈍いニナに、つまんねーな、と肩をすくめて離れていった。

——王女ベアトリスがニナの部屋を訪れたのは、そんなころだった。

「遅くにごめんなさい。わたしだけど、いまいいかしら？」

時刻はすでに消灯の鐘が鳴りそうな、団舎西塔の自室。

扉を叩かれ、反射的にリヒトかと思ったが、聞こえてきたのは艶やかでいて張りのある女性の声だ。

暖炉前の長椅子で青いドレスを修繕していたニナは、針と縫い目に気をつけて木卓にドレスを置く。小走りに扉へと向かって開くと、壁灯に照らされた薄暗い廊下には、外套姿のベアトリスが立っていた。

〈火の島杯〉の開催日が決定して団員の多くが団舎を離れたが、ベアトリスはそれ以前より、王城と行き来する生活を送っていた。諸外国の使節の接待に、夜会と遠乗りの誘いは引きもきらず、貴族令嬢たちと詩や演劇を楽しむ。このところはとくに多忙な様子で、食堂で時おり姿を見かけるものの、あらためて対話をするのは久しぶりだ。

　なんの用事かと戸惑うニナに、ベアトリスは言葉を探すような表情をしてから切りだした。

「あのね。こんな夜更けに押しかけたあげく、すっごく唐突(とうとつ)で悪いんだけど。明日、ニナにちょっと、付き合ってほしいところがあるの」

「付き合ってほしいところ、ですか?」

「ええ。最初は一人でって思ったけど、人数が多くて困ることはないし、それにニナがいっしょに来てくれた方が安心かしらって。ああいちおう、ゼンメル団長にはニナの同行をふくめて相談してあるの。少し遠出だから団長もわたしだけは心配……っていうか、〈王女殿下〉を単独で行動させるのは、やっぱり対外的に微妙みたいだし」

　思わぬ申し出に、ニナは正直なところ面食らう。

　ベアトリスにこういう形で誘われたのははじめてだが、ちょっと付き合ってというからには買い物かなにかだろうか。たずねると予想通り、そうね、もちろん買い物も食事もするわよ、との答えが返る。

ニナは青海色の瞳を戸惑いにゆらした。

ベアトリスには常日頃、王女と村娘の枠を越えて分不相応なほど世話になっている。できることなら協力したいが、小柄で非力な自分が荷物持ちとして役立つとは思えない。〈王女殿下〉の護衛として考えても、両者の体格や身体能力を考慮した場合、むしろ守られるのはこちらの気もする。

ニナの迷いを察したのか、ベアトリスは豊かな胸の前で両手を合わせる。ね、お願い、と深い森色の目でのぞきこまれ、ニナはぼうっと頬を赤らめた。

大輪の百合のごとき美貌で、至近距離ですがるように見すえられ、否も嫌も出てくるはずがない。ある意味で大剣の一閃よりも強力だろう魅惑的な上目遣いに陥落し、ニナは真っ赤な顔でうなずいた。

「わ、わかりました。あまりお役に立てないとは思いますが、がんばって運んで、せいいっぱいお守りします」

「よかった！　でも運ぶのは馬だから大丈夫よ。守るのは……そっか、リヒトもいないし、誰がやるか考えなきゃいけないけど、まあ細かい調整は向こうに到着してからでいいわね！」

ベアトリスは嬉しげに破顔する。戦闘競技会用の遠出支度をすること、出立は明日の早朝で、朝食はハンナにお弁当をつくってもらう予定であることを告げると、準備があるからと言いおいて立ち去った。

リヒトの不在はわかりきっているし、ベアトリスを守るのは誰かではなく自分ではないのだろうか。

ニナが首をかしげたとき、団舎の鐘が低い響きで消灯を告げる。

戦闘競技会用の準備ならば、日用品や着替えのほかに予備の矢束(やたば)も携帯するなど大荷物だ。目的地は聞きそびれてしまったが、もしリーリエ国の辺境部ならば街道に野盗(やとう)が出没する危険性もあるし、〈金の百合〉たる美しい王女を確実に守護するためにも、ここは完璧(かんぺき)に武装する必要があるだろう。

そう考えれば時間的猶予はすでにない。ニナはあわてて身をひるがえすと、長棚の荷物袋を背伸びして引っ張りだし、大急ぎで身支度を開始した。

――翌朝。

鎖帷子(くさりかたびら)と甲冑(かっちゅう)に旅用外套、背中には矢筒(やづつ)と短弓(たんきゅう)を引っかけ、手には大きな荷物袋。国家騎士団の守秘義務を考慮し、軍衣は身につけず騎士の指輪もはずして自室に残した。

王女の護衛として準備万端ととのえたニナは厩舎の前でベアトリスと合流。荷物袋を馬の鞍の両脇にくくりつけると、先の副団長が配備してくれた子供用の踏み台を使い、ベアトリスの後ろへと相乗りさせてもらう。

「あの、いまさらですけど、目的地はどの街なのですか?」

「ジェレイラよ。ああでもとりあえずは、手前の狼煙台ね。馬を休ませながらだから、そのまえにも宿場に立ちよるつもりよ。ともかくちょっと日数がないから、悪いけど飛ばすわね」

しっかりつかまってて、と肩越しに振りむいて告げ、ベアトリスは軽快に馬の腹を蹴った。初耳である街の名前に、やはり国境周辺部まで行くらしいと思ったニナの身体が、がくんと大きくゆれる。

勇ましい宣言通り、ベアトリスは金の髪をなびかせて手綱をあやつる。その騎馬術は常日ごろ乗り慣れたリヒトにくらべるとかなり乱暴で、ニナは舌を噛みそうになりながら、外套と甲冑越しでもわかる女性的な肢体にぎゅっとしがみつく。

〈迷いの森〉を抜けたベアトリスは街道に出ると、そのまま南下して宿場にて一泊。翌日もふたたび街道を南へと馬を走らせ、このままでは国境を越えてしまいそうだとニナが考える間もなく、南の砦を通過して隣国ラトマールの領土内へ。

辺境だとは思ったが、まさか異国の街へ買い物に行くなど予想していなかった。

あわてるニナだが、しかし護衛として同行を了承したのは自分だ。頼りない守護役であっても、一国の王女を異国の地に一人で放りだすなどできるはずがない。また現実問題としても、ベアトリスの馬に相乗りさせてもらっている以上、はっきり言えば帰るための手段がない。

目的地のジェレイラという街まで何日かかるかとたずねたが、ベアトリスも幼少時に父国王に連れられ訪問したきりで、明日にはつくかしら、やっぱり明後日かも、との曖昧な返答。ニナは次第に不安になる。いまの状況は国家騎士団に仮入団する際、〈クレプフェン騎士団〉だとリヒトに偽られて王都まで連れていかれた、あのときと少し似ているのではないだろうか。

背後の困惑など露知らず、激しい騎乗の疲れなど微塵（みじん）も感じさせないベアトリスは、ラトマール国の街道を南西を目指して、土埃（つちぼこり）をあげながら駆け抜けていった。

2

眼下には視界いっぱいに広がる青。

春の緑に萌える山中の街道から、切通しを越えた先に開けた高台。低い木柵で囲まれた崖の先端付近に立ち、ニナはただ呆然と、生まれて初めての青い地平に見入る。

肩までの黒髪と外套を風になぶらせ、ぽかんと口をあけている小作りな顔立ちを、祖国リーリエよりも強い日差しがくっきりと照らした。

故郷のツヴェルフ村で、沿岸部の地方競技会に参加した村人から、途方もなく巨大な水たまりだと伝え聞いた。鱒の養殖池をうんと大きくした、あるいは水車小屋そばの小川を目一杯に広げた感じかと思い、けれど晴れわたった午後の空の延長線上にも見えるその青は、小さなニナの想像を遙かに超えていた。

しかしながらそれ以上に想定外なのは現在の自分の状況だ。

外国の地理に詳しくないニナでも、西方地域で海が見える国がどこかは知っている。最北のキントハイト国とその南隣のナルダ国、さらに南の隣国であるシレジア国の三つ。半島が突きでた形のシレジア国はリーリエ国からほぼ真西の位置。団舎を発って街道を南に向かってラトマール国に入り、そこから南西を目指して国境を過ぎてまもなく海が見えた。

とするとここは――

「ねえニナ、この甘辛い豚肉を挟んだサンドイッチ絶品よ！　エビ？　貝？　よくわからないけど魚介類っぽいフライも、オリーブの塩漬けをのせると最高！　さすが南方地域の料理よね。味付けも素材も西方地域と全然ちがうし、新鮮でとっても美味しいわ！　ね、初めての海が珍しいのはわかるけど、こっちに来て食べましょうよ！」

朗らかな声に視線を向けると、少し先の狼煙台の前で食事中のベアトリスが、あげた片手を大きくふっている。

狼煙台とは古代帝国時代に情報伝達手段として使われた、哨戒の機能をそなえた軍事施設だ。敵兵の侵入や戦況をいち早く報せていた建物は、戦乱の終結とともに役割を終え、現在では街道沿いにあるという利点をいかし、旅人や馬の休憩場所として使用されていることが多い。この狼煙台も南方地域と西方地域の国境に近いという地理的特性と、なによりも港街ジェレイラと海を見わたせるという眺望から、行きかうものが足や馬を休め、食事やお茶を楽しめる場所となっている。

時刻はちょうどお昼時。ニナは旅装姿の人々に混じり、屋外の客席で昼食を楽しんでいるベアトリスをじっと見つめた。

街の名前から思いあたらなかった迂闊さにも責任はあるだろう。けれどちょっと付き合って、と頼まれて西方地域を飛び出て、南方地域まで連れてこられるなど誰が想像するというのか。ベアトリスの〈ちょっと〉とは、いったいどういう尺度なのか。

そんなふうに自問しながら、ニナは力ない足取りで木卓へと歩みよった。

丸椅子に座るなり、さあどうぞ、遠慮しないでと、豚肉のサンドイッチや魚介類のフライが取り皿に山盛りにされる。

自分にはとうてい食べきれない量と、およそ一週間の馬の旅で疲れきった身体。とりあえず果実水の木杯を手にすると、濃厚な甘味が渇いた喉を刺激する。南方地域特産だというメローネの果実水の味に、どうしようもない事実だと、ニナは頼りない表情で切りだした。

「……あの、なにをどこから質問していいか見当もつかないのですが。王女殿下がわたしをお誘いくださったのは、買い物の荷物持ちと道中の護衛のため、ですよね？」

「買い物はもちろんするわよ！　タルピカ国の港街ジェレイラは、南方地域で三本の指に入る商業都市なの。海運業が発達してて、南の諸島群はもちろん、北方地域のバルトラム国や東方地域からの船も来るし、珍しい交易品がたくさんあると思うわ。わたし、茉莉花の花香と貝紫の紅が欲しいのよね！」

「ではやはり、その、南方地域の交易品購入のためにタルピカ国まで？　も、もちろん、それが駄目というわけでは、ないですが……」

「いやね、そんなわけないじゃない！　食事だって当然するわよ。でもよかった。南方地域の食べ物って香辛料が独特でニナが馴染めるか心配だったけど、この料理を食べるかぎり平気そうだわ。あ、宿は食事の美味しいところがいいわね。ジェレイラは娯楽目的の戦闘競技会が盛んな街で、腕試しとか賞金目当てとか、各地から騎士が集まるの。だから宿泊施設も充実してるし、毎日のように地方競技会が開催されてるんですって！」

はきはきと答え、ベアトリスは蛸のフライと、黒く熟したオリーブを次々に口にはこぶ。

果実水の木杯を手にしたまま、ニナは困惑に瞳をゆらした。

きちんと応じてくれているのに、どこかちぐはぐで、会話になっているようでなっていない。昨年の西方地域杯でもいまと似た展開で、あれよあれよと着付けられて前夜祭へと連れていかれた。あのときはそれでも同じ城内だったが、ここはリーリエ国から馬で一週間以上かかる、遥か南西のタルピカ国だ。

途方にくれた様子のニナの姿に、ベアトリスはようやくにして、旅の目的を説明していなかった自分に気づいたらしい。

あらやだ、肝心なことを忘れてたわ、と声をあげる。

言葉を探すふうに少し考えると、華やかな美貌をぐいと突きだして告げた。

「つまりね、結婚しようか迷ってるの」

「は？　け、結婚⁉」

ニナは思わず席を立ちそうになる。

椅子が大きく鳴り、周囲で食事中の旅人たちがなんだという視線を投げかけた。あわてて身体を小さくするニナに、ベアトリスはそんなに意外だったかしら、と首をかしげる。

おどろいたのは内容ではなく唐突な発言だ。ニナは椅子に座りなおすと、肩をちぢめたまま言った。

「す、すみません。なにが〈つまり〉かわからないというか、王女殿下に恋人がいることをぜんぜん知らなくて。あ、あのもちろん、ベアトリス王女殿下はお綺麗でお優しくて本当に素敵な方ですし、十人、いいえ、二十人くらい恋人がいても、まったく不思議はないですが」

「……複数の恋人を認めちゃうなんて、ニナって意外と大胆なのね。まあともかく、いまは恋人はいないわ。ていうか王女の結婚は、国の発展と利害が絡んだ大事な〈役目〉だし、恋人の有無は関係ないわよ？」

　ニナは不思議そうな顔で、役目、とくり返す。

　ベアトリスは平然とつづけた。

「王女をふくめた王族の結婚は、好悪の情じゃなくて条件が優先だもの。ああ、気の毒とか可哀想とか思わないで。多少は残念だけど、〈そういうもの〉だって教えられて育ったから、さほど異論はないのよ。種類はちがうけど、ニナだって似たようなものでしょ？」

「わたしが、似たようなもの……って」

「リヒトからちらっと聞いたけど、ニナの村は戦闘競技会で活躍する騎士を目指すことが〈普通〉で、村人は全員、小さいころから剣を習うって。それって一般的に考えて、王家の政略的な結婚よりかなり〈特殊〉だけど、ニナには当たり前じゃない？」

「は、はい」

　うなずいたニナに、ベアトリスは柔らかく苦笑した。

「立場だったり教育だったり、最初からの環境が常識になるって感じかしら。話がそれちゃったけど、ともかくリーリエ国のための結婚は、わたしには当然なの。それで前々から女官長が、〈条件を満たした〉青年貴族のお見合い肖像画を、王城のわたしの部屋にせっせと運んでたんだけど。今回の縁談はあらゆる意味で、衣装箱に放りこんで忘れても平気なお相手じゃないのよ――」

果実水の木杯を一息にあおり、ベアトリスは語りだす。

リーリエ国王女ベアトリスに求婚したのは、ナルダ国の若き新王オラニフ。

火の島（イグニス・インスラ）の西の沿岸部にあるナルダ国は、国土こそ西方地域でもっとも狭いものの、すぐれた造船技術を誇る花に囲まれた美しい国。豊かな漁場に恵まれ気候風土も温順で、人々は素朴（そぼく）で争いを嫌い、国家連合（リントヴルム）の三百年の歴史において、裁定競技会を自ら申し立てたことがいちどもない。

リーリエ国とは古い姻戚（いんせき）関係で、遠方ながら外交使節の行き来があるなど親交が深く、ベアトリスとオラニフは、幼少時の祝賀行事で出会ってから十年以上の付き合い。先代国王が病臥（びょうが）を理由に生前退位し、新王に即位して一年が経ったのを契機として、このたび正式に婚儀を申し入れてきたのだという。

「オラニフ殿下は……ああもう陛下ね。とにかくすごく良い方なの。穏やかで謙虚で、〈赤い猛禽（ブルート・フォゲル）〉の災禍（さいか）を恐れて貴族諸侯（しょこう）が掌（てのひら）を返したときも、陛下だけは態度を変えず、季節の花や体調を案じる手紙を送ってくださった。外見は背の低いオドを小太りにした雰囲（ふんい）気（き）で、性格はオドをほんの少しお喋（しゃべ）りの王子さま風にした感じ？」

その説明に、ニナは団員仲間のオドを脳裏（のうり）に描く。

農夫出身のオドは雄牛（おうし）のごとき巨体に似合わず、怒りという感情が生来ないのではと思わせるほど温厚で優しい青年だ。極端な無口で控え目ながら、仕事を探しては率先（そっせん）して働き、幼い弟妹の世話をしてきた習いかニナを見るたびに、頭をなでたり焼きアーモンドを差しだしてくる。

そんなオドに似ていて、身分上も釣り合いがとれて外交関係も問題がない、ナルダ国新王オラニフ陛下という御方は——

「……あの、わたしが言うのもあれですが、王女殿下の結婚相手として考えた場合、ほとんど理想的な御方なのでは、と」

「でしょう！　やっぱりそう思う？　ニナには悪いけど、いろいろとこじらせてるリヒトにくらべたら百倍は立派な方なのよ。王侯貴族を忌避（きひ）するあの子も、オラニフ陛下にはお世話になったことがあって、野良猫が家猫になっちゃうくらい懐いてるし。友人として気心も知れてて、だから父王陛下に求婚の話を出されたとき、リーリエ国の王女として拒否する理由がないわねって思って……思って、そんな自分に失望したのよ」

「失望……？」

異国の新王との婚姻という華やかな話題から一転、思いもよらぬ言葉を耳に、ニナは戸惑いに目をまたたく。

ベアトリスは食べかけのサンドイッチに手をのばす。どう切りだすか思案しているのか、三切れほど立てつづけに平らげ、ムール貝のフライをぱくついた。

喉を鳴らしてのみ込み、やっと落ちついたように、あのね、と口を開いた。

「……実はちょっとまえから、国家騎士団員であることに迷いがあるの。わたし、このままでいいのかしらって」

「いいのかしらって」

「うまく言えないんだけど、願ってる自分の姿にぜんぜん遠いっていうか。王女としても団員としても中途半端な気がして、最近は些細(ささい)な失敗も多いし、不安定な状態で所属してたら逆に迷惑かしらって。そんなときに王女なら受けるのが自然な縁談話がきて、それを機会に〈仕方なく〉退団できるわって思っちゃったの。まるで逃げるみたいに。それで、失望?」

ベアトリスは自嘲(じちょう)めいた微笑(ほほえ)みを浮かべる。

「結婚を口実と同じに扱ったら、相手の方に失礼でしょ。でもいまの状態じゃきちんとした結論を出せそうにないし、だからいちど王女殿下も国家騎士団員もなくして、ただの〈わたし〉になりたかったの。一人の女騎士としてなにができるか試して、今後のことを考えてみようって。それでゼンメル団長に相談して、しがらみから離れて向き合うのも必要だろうって、遠征として南方地域の地方競技会に出場する許可をもらったってわけ」

　ようやくにして告げられたベアトリスの行動の理由を耳に、ニナはうつむいて唇を結んだ。

　知らなかったとはいえ、買い物だの荷物持ちだの、軽々しく想像していた己をいまさらながら反省する。ベアトリスはたしかに強引で説明不足なところがあり、結果として胃腸を壊したり混乱させられたときもある。でも仮入団のころに小柄な体格を案じて過度な食事を勧めたのも、リヒトとの関係進展のために非日常として前夜祭に連れ出したのも、トフェルのような悪戯(いたずら)や身勝手ではなく、真摯(しんし)な理由に基づくものだった。

　ただわからないのは、なぜ自分を同行者に選んだのかという点だ。地方競技会参加が目的なら、〈盾〉がいなければ機能しない〈弓〉より、団舎(だんしゃ)に残っている中年組やトフェルを誘った方が戦力となる。

　あらためてたずねると、ベアトリスはうーんと小首をかしげる。艶(つや)やかな金の巻き毛を煌(きら)めかせ、深緑色の目をふっと細めた。

「なんとなくだけど、ニナがいっしょならがんばれそうな気がして。だってわたし、ニナみたいに強くなるのが目標だもの。まえにも言ったでしょ？」

「そんな。あ、あの、ちがいます。わたしはぜんぜん」

「ぜんぜんじゃないわ。じゅうぶん強いわよ。リヒトが焦るのも納得するくらいにね。それにニナの同行を打診したのはわたしだけど、〈火の島杯〉にそなえて他地域の騎士を知るのは勉強になるって、ゼンメル団長も賛成してくれて。あとうまく転べば、競技会に支障をきたす可能性のある〈面倒な問題〉を、まとめて解決できるかも知れないからって」

「面倒な問題?」

表情を曇らせたニナに、内容までは聞いてないのよ、団長って意外と小悪魔な思わせぶりよね、とベアトリスは肩をすくめた。

軽くにぎった手で口元をおさえ、ニナは思案をめぐらせる。

団長ゼンメルがなにを憂慮しているかは不明だが、自分にとっての懸案事項はガウェインの軍衣にまつわる一件だ。曖昧な状態では落ちつかないけれど、肝心のリヒトは六月の模擬競技開始まで、〈ラントフリート〉の領地に滞在すると手紙にあった。

仮にこれから団舎に戻っても鬱々と悩むだけだろうし、〈火の島杯〉は四地域の国家騎士団が参加する騎士の祭典と教えられた。戦闘競技会で活躍できる優秀な騎士の輩出地と知られるツヴェルフ村に生まれたニナでも、西方地域以外の騎士を見た機会はほとんどないし、およそ二カ月を無為に過ごすよりは、たしかに騎士としての見聞を広めた方が有意義な気がする。

──まえに兄さまから、東方地域には大剣ではなく槍を使う騎士がいると聞いた覚えがあります。特殊な武器を使う国と〈火の島杯〉でいきなり対戦しても対応できないと思うし、見ておくだけでもちがうかも知れません。それに荷物持ちや護衛じゃなくても、王女殿下のお役に立てるなら。

心を決めたニナは、表情を和らげて短い息を吐く。南方地域の地方競技会に参加する仲間として、あらためて同行を承諾すると、ベアトリスは嬉しげに破顔した。

良かった、と胸をなでおろし、ニナの木杯に果実水の壺をかたむける。滞在中の無事と勝利を願って乾杯しようともちかけられ、ニナは頬を染めてうなずいた。

考えたら王女ベアトリスとふたりで二カ月近く過ごすなど、なんとも贅沢で面はゆい。差しだされた木杯に自分のそれを控え目に合わせ、濃厚な甘さの果実水を口にし、ニナはふと思いついて問いかけた。

「……あの、こういうことを本人以外の方から聞くのは良くないかも知れないのですが、王女殿下はリヒトさんの領地で生じたという問題について、その、なにかご存じなのでしょうか?」

「ごめんなさい。詳しくは知らないのよ。わたしも自分の縁談話に手一杯で、リヒトのことまでは頭がまわらなくて。ただ宰相である上の兄王子が、租税を管轄してる徴税卿に

〈ラントフリート〉の領地を巡察させたとは耳にして――あ、やっと来たわ！」

ベアトリスは唐突に声をあげる。

身体をのばし、ここよ、こっちこっち、と急いで手をふった。

なにごとかとニナが振りむくと、狼煙台に隣接する厩舎のあたりで、馬を係留している数人の女性たちが――あれは。

一般的な男性と変わらない大柄な体躯に、外套の裾から勇ましくのぞく大剣の鞘先。頭髪は赤毛と黒髪に、焦茶と銀髪の四人の女騎士。覚えのある顔立ちや風体に、思わず椅子を鳴らしたニナに気づき、ひときわ体格のいい赤い髪の女性があっと声をあげた。

ねえ、あの子よ、と指さして周囲を見まわす。かしましい歓声が弾け、いきおいよく走りだした女騎士たちは呆然とするニナに群がった。

四方からのびてきた腕が容赦なく顔や手足に触れてくる。やっぱりかっわいい、ちっさ、ほっそいわねえ、頬がぷにぷによ。

前後左右に身体をゆらされ、揉みくちゃにされることしばらく。なにがなんだか、どうしてここに彼女たちが。混乱したニナは店主を呼んで木杯の追加を頼んでいるベアトリスに、息も絶え絶えに問いかけた。

「あ、あの、王女殿下、いったいこれは」

「いやあね。忘れちゃったの。マルモア国騎士団とは、このまえ対戦したばかりじゃない？」

ひっどーい、冷たいじゃなーい、とすかさずあがる抗議の声。

鼻先をなでられ手首の太さを測られながら、ニナは必死に言いつのった。

「そうでは、なくて、ですね。どうして、み、みなさんが、ここに」

「どうしてって、だって地方競技会に出場するのに、二人だけじゃ参加できる種類がかぎられるし、訓練という意味でも大勢の方が有意義でしょ。現地の斡旋所（あっせんじょ）で探してもいいけど、親善競技のときに軽く誘われてたの。ゼンメル団長に相談してから、せっかくだし隣国の騎士団と親睦（しんぼく）を深めるのも楽しいかしらって、急いで連絡をして待ち合わせ場所を決めたのよ。あら、わたし話さなかったかしら？」

平然と首をかしげたベアトリスに、ニナは記憶をたどる。

そういえば団舎の自室を訪問したとき、人数が多くて困ることはないとか、守るのは誰がやるか調整するとか言っていた気がする。けれどそれを材料に現在の状況を想定しろというのは、いくらなんでも無理筋だ。艶然（えんぜん）と微笑めば国中の蝶が誘われそうな〈金の百合（ゴルト・リーリエ）〉でありながら、ベアトリスは実は、トフェル以上の悪戯妖精（ニュンフェ）なのだろうか。

抱きついてきた黒髪が、いやだふわっふわ、と目を輝かせる。焦茶と銀髪がずるい、と声をあげ、ほらほら順番よ、と赤毛が仕切る。

　豊満な胸に包まれ四方から腕を引っ張られた状態で、ニナは情けない顔でベアトリスを見た。

「いえ、まったくぜんぶ、初耳です……？」

　タルピカ国は南方地域でもっとも西に位置する、海に面した国だ。
　火の島のほぼ中心にある中央火山帯から、手足のごとくのびる四つの山脈に仕切られた東西南北の地域。愛と平和を司（つかさど）る女神シルワの恵みを受ける南の大地は、交易と娯楽（ごらく）的要素の強い戦闘競技会が盛んな活気のある地域で、海原（うなばら）をへだてた諸島群をふくめて七十を越える小国が乱立している。
　北から訪れるものにとっての玄関口となる港街ジェレイラは、その立地をいかし、南方地域で名高い海上貿易の拠点として知られている。
　人と物の集まりは富と娯楽の需要（じゅよう）を生み、豪商や好事家（こうずか）が主催する地方競技会が毎日のように開催される。観覧を主目的とした競技会は強い騎士の参加を促進するために賞金も高額だ。優勝隊が海商の護衛として雇用される場合もあり、結果として名だたる強者が他地域から参加し、さまざまな相手と実戦経験を積めることもふくめて、騎士たちの鍛錬の場としての性格もあわせ持っている。

八年ぶりとなる〈火の島杯〉の日程が発表されて半月。ジェレイラの船着き場には各地からの帆船が引っ切りなしに入港し、街道は騎馬の土煙が絶えることはない。

腕試しや調整を目的とした各国の騎士たちの長靴の金属音が、やがて訪れる勇壮な祭典の足音のように、春の港街に猛々しくひびいていた。

周囲に見えるのは人、人、人——の上半身。

港街ジェレイラの大通り。かろうじて石畳と、少し先を歩くベアトリスの金の髪が視界に入るが、ともすれば身体ごと持っていかれるだろう人混みに、ニナは流れと隙間を目ざとく読んであとを追う。

——今回こそは。ぜったい、なんとしても。

十歳程度の小柄な体格と混雑は、まったくもって相性が悪い。突き飛ばされたり馬車に轢かれかけたり、意図しない場所に運ばれたり。

過去の失態をくり返すまいと可能なかぎり努力するが、街外れから船着き場までつづく湾曲した大通りは、町民や商人、騎士らしい風体のものでごった返している。南の港湾に対して北側は山。少ない平地を奪いあうように建物が連なる街並みは道幅が狭く、坂や階段が無秩序に高低差をつくり、店舗から突きだした看板や日除けの街路樹が現在地の把握をよけいに困難にする。

赤毛の女騎士を先頭に、宿屋街へと向かう一行の最後尾。後方から不意に割りこんできた行商人に視界をさえぎられ、ニナがあれと思ったときには、目印にしていた華麗な巻き毛が消えていた。

あわてて周囲を確認すると、十数歩ほど先の群衆のなかに、人々から頭一つぶんは飛び出ている金色が見える。

――リヒトさん？

恋人を思わせる長毛種の猫のような金の髪に、反射的に胸が鳴った。けれど南方地域の港街に、西方地域の領地に滞在しているリヒトがいるはずがない。

距離があるし顔は見えないが、背格好の似た他人だろう。それでもなんとなく気になり、路地へ消えていく後ろ姿を見送っていると、横合いから唐突に腕をつかまれた。

ぐいと引かれて上を向くと、ベアトリスがしかめっ面で立っている。

「んもう、ニナったら危なっかしいわね！　もたもたしてたら人さらいに捕まって船の上よ。値札つけられて売られちゃうわよ。西方地域の城下とちがって、南方地域の港街の裏路地なんか、たちの悪い無頼者や海賊の巣窟なんだから！」

「は、はい。すみません。ありがとうございます、王女で――」

「――〈ベティ〉よ」

　言いかけたお礼を低い声で訂正され、ニナは口元をおさえる。誰かに聞かれなかったかと周囲を見まわし、すみません、ともういちど謝った。

　国境に近い狼煙台でマルモア国の四人の女騎士と合流したニナとベアトリスは、街へ入るまえに、まずは滞在中の互いの呼び名を決めた。

　南方地域の地方競技会には年間を通じて他地域の騎士が参加するが、その出自は剣を習いたての有志程度に名だたる国家騎士団の精鋭、野盗団の頭首までさまざまだ。素性を明かすのに不都合なものや呼称だけで身分が知れる貴人などは、一時的な仮名を使うことが多い。

　治安という観点から見れば、商業が盛んで人の出入りが激しい港街は、異国人の往来自体が珍しい内陸にくらべて物騒な面もある。そんな土地柄でいかにも耳目を集めそうな〈王女殿下〉の呼称は危険が過ぎるという理由で、ベアトリスは街の騎士団員だったころに使用していた、〈ベティ〉を名のることになったのだが。

「あの、ベティ……さ、ま」

午後の日差しをさえぎってくれる街路樹の下。どうにか言葉で発すると、しかしベアトリスは不満そうに柳眉をしかめる。

「〈さま〉もなるべく避けたいけど……まあニナが無理なら許容範囲かしらね。ぎごちない呼び捨てだと逆に不審がられそうだし、貴族子弟が従者つきで競技会に参加してる場合もあるから、設定的には貴族令嬢と女官見習いかしら？」

仕方ないといったふうに告げられ、ニナは三度目のすみませんを口にした。事情はもっともだけれど、リーリエ国の〈金の百合〉を敬称なしで呼ぶなど、生粋の庶民であるニナにはやはり難しい。

一方のニナはただの〈ニナ〉のままだ。西方地域では比較的によくつけられられる女性名で、名前と容姿で素性が知られる身分でもない。ちなみにマルモア国の四人の女騎士は、〈赤毛〉に〈黒髪〉、〈焦茶〉に〈銀髪〉と、それぞれ髪の色を呼称とした。

また素性に付随することとして、南方地域に関わらず各地の地方競技会では、知っている他国の国家騎士団員を見かけても身元や名前を公言しないのが慣習らしい。国によって団員を保護する方針にちがいがある現状への配慮で、とくに罰則規定があるわけではないが、仰ぐ旗は異なってもある意味でお互いさまの、騎士としての暗黙の了解だそうだ。

人混みからニナを救出したベアトリスは、そのまま連れ立って建物のあいだの石階段をあがり、角を曲がって路地に入った。

扉に掲げられた屋号をたよりに目的の宿屋を探すと、先に到着していたマルモア国の女騎士、〈赤毛〉と〈黒髪〉がここよ、と手をあげている。

ひときわ体格のいい赤毛は、安堵したような苦笑を浮かべて言った。

「馬と荷物を任せて、先に宿をとりにきて正解だったわ。あと少しで満室だった。まえに利用したとき料理も部屋もよかったし、港前競技場まで近いから、この〈操舵亭〉にしたかったんだけど。〈火の島杯〉の影響……ってより、〈カルラ・ロッテ夫人杯〉目当てに、近隣の騎士がわんさか集まってるみたい」

「食事が美味しい宿は嬉しいけど、〈カルラ・ロッテ夫人杯〉って？」

「五月下旬に開催される七人制の地方競技会。主催者は交易で財をなした豪商で、優勝隊には破格の金貨五千枚と、希望があれば護衛として高額雇用。南方地域は愛と平和を司る女神シルワのお膝元だからか、成金商人が名誉のために、妻や愛人の名前を冠した競技会をよく開催するんだよ。去年は真珠の大箱とか、小型帆船が賞品の競技会があったかな」

「あら、五月下旬ならその夫人杯、日程的に丁度よくないかしら。賞金が高ければ強い騎士が集まるだろうし、目標のある方が予定を組みやすくて、充実した訓練になりそうだもの」

目を輝かせたベアトリスに、赤毛と黒髪が悪くないね、と応じる。

ともかくは滞在中の拠点となる場所が決まったので、宿泊手続きは黒髪とベアトリスに任せ、赤毛は街外れで馬と荷物の番をしている二人の女騎士を呼んでくることになった。

ニナは一同と相談すると、赤毛に同行して布製防具の店を案内してもらうことにする。陽光の強い南方地域の四月下旬はリーリエ国の初夏くらいの気温だ。団舎を発つ際に装備一式は準備してきたが、目的地が南方地域だとは思わず、麻製の夏用鎧下は置いてきてしまったので、競技会に参加するまえに調達した方がいいと考えた。

外套のポケットに金貨袋があるのを確認して、留守番役のベアトリスと黒髪に頭をさげる。高額賞金の競技会の影響か、宿を探す騎士風の集団と何組もすれちがいながら、ニナは赤毛の先導で大通り方面へとふたたび戻った。

昨年の西方地域杯で対戦したマルモア国の四人の女騎士とは、前夜祭や競技場でそれぞれ面識があるが、赤毛の女騎士はニナにとって、少し特別な存在だ。

——すごいけど……でもあんた〈お姫さま〉なんだね。

西方地域杯の第一競技、リヒトは不必要にニナを庇って命石を打たれた。競技終了後に赤毛に告げられた言葉は、意味を把握したときこそ胸に深く突き刺さったが、結果としてニナに己の立場を気づかせ、対等な騎士になりたいという願いを自覚させる契機をつくってくれた。

　そんな意味で恩人でもある赤毛は、体格のいい女騎士が多いマルモア国騎士団のなかでも、ひときわ逞しさの目立つ美人だ。

　頑丈そうな太い顎に力強い眼差し。うなじで結んだ赤い髪が、がっちりした肩と厚い胸板を豊かに流れる。一同のなかでは最年長の二十代後半で、てきぱきと物事を仕切っている様子が頼もしく、すでに今回の遠征のまとめ役になっている。

　港街ジェレイラに訪問歴のある赤毛は、歩く道すがら街の概要を説明してくれた。飲食店や装備品を扱う店舗の区画に、異国の交易品が集まる船着き場前の南広場の雰囲気や、一人で近づくのは避けた方がいい治安の悪い裏路地の場所。

　青海色の目を興味深く輝かせ、はい、はい、と聞いていたニナは、街が管轄する地方競技会の詳細に軽くおどろく。

　領主である貴族と複数の有力商人が運営する地方競技会は、港前競技場と呼ばれる複合施設で、ほぼ毎日おこなわれる。小競技場と中競技場は夜間用の室内型をふくめて複数あるが、平地が少ないので大競技場はない。競技会は私設審判や従僕が進行し、騎士が気軽に参加隊を組むための斡旋所もある――

　国家連合の審判部が仕切る公式競技会と異なり、街や貴族が主催する地方競技会は、装備品の規定こそ適応されるものの、参加人数や競技時間に自由度がある。ニナが初めて参加した競技会も、郷里の領主が開催した三人制のヨルク伯爵杯だった。

　歩幅の広い赤毛に早足で合わせながら、ニナは少し考えて口を開いた。

「大競技場がないのなら、この街の競技会は多くて九人制くらいですか？」

「惜しいね。最大は七人制。審判部がきっちり計測する公認競技場とちがって、ここの中競技場は長さ百四十歩、幅百歩っても普通より狭いんだ。……そうか、さっき話に出た夫人杯も七人制だし、あの子が来られたらぴったりだったね。参加するなら、斡旋所で一人は探さないといけないいか」

　残念、でもなにしろこれだからと、赤毛は自分の手で腹に触れ、膨らんだ形を表現するように動かした。

〈あの子〉というのは西方地域杯のときにいた栗毛の女騎士で、本来なら今回も同行する予定が、妊娠がわかって急遽、見送ることになったらしい。ちなみに判明したのは先月の親善競技のあとで、開始時刻が直前で変更されたのも、彼女の体調不良が原因だったとのことだ。

「でもあの、赤ちゃんを授かるのはおめでたいことです。誕生と豊穣を司る女神マーテルの采配は、人知を超えた尊い御心ですし。だけどご結婚されてるなんて、ぜんぜん知りませんでした」

「……結婚は別にしてないけどね。まあしばらくは騎士団もたいへんだよ。産後に復帰できる保証もないし、主力が抜けるなら出場騎士を組み直しだからさ。ああ、そういやあんた、例の〈盾〉は？　親善競技じゃ呆れるくらいべったりだったのに、今回はいっしょじゃないの」

「リヒトさんは、えと、大事な用事があって。わたしは、おうじ……ベティさまに誘われて、いろいろ勉強もかねてというか」

　リヒトと気まずくなったあげく、ベアトリスに騙されるに近い形で南方地域に連れてこられたとは言いづらい。

　曖昧に濁したニナに、なんとなく察するものがあったのだろう。そう、と短く応じるにとどめた赤毛は、ふと気づいた顔で通りの先を指さした。雑多に軒をつらねる屋台のなかで、革や布製防具を扱う店を何軒か教えると、片手をあげて街外れへと歩き去る。

　姿勢を正して頭をさげ、ニナはさっそく背伸びして陳列台の商品を眺めた。

　並べられているのは甲冑の連結ベルトの取り換え具に、さまざまな長さの麻製手甲や、兜の調整に使用する衝撃を和らげる厚布。鎧下は自分に合う大きさが見つかるか心配だったが、年齢を条件とした競技会も催されるのか、子供用らしき身丈のものもある。

店主にことわり、広げて確認しようと鎧下に触れたニナの手と、ちょうど横から出てきた小さな手がぶつかった。

「あ、ご、ごめんなさい」

あわてて腕を引き、右隣を見ると、同じくこちらを向いた相手と目があった。

——え?

そこにいたのは外套姿の小柄な少女。

視線の高さが自分と変わらないことに、ニナはわずかに息をのむ。

雑多な人いきれと喧噪に満ちたジェレイラの街角。時間と音が奪われた感覚のなか、澄んだ青海色の瞳と硝子玉に似た水色の瞳が、至近距離で真っすぐに交わされる。

陳列台に手をかけた姿勢で、少女はじっとニナを見つめた。

耳下までの白銀の髪と綺麗だが無機質な顔立ち。精巧な人形めいた表情と無遠慮な目つきに、ニナは気圧されて半歩さがる。少女が気分を害したのかと思い、あの、どうぞ、と選ぼうとした商品をすすめる。

二人のやりとりを見ていた店主が、状況を察して屋台の奥から、同じ大きさの鎧下を持ってきてくれた。ニナは礼を言って受けとると、身体に合わせて身丈を確認し、外套の金貨袋を出して代金を支払う。

　隣の少女はそのあいだも、無言でニナを注視していた。

　顔や髪、外套からのぞく手足に、背中に負った矢筒と短弓。なにかをなぞるような眼差しを受け、気づいたニナは困惑に眉をよせる。どうしていいかわからず会釈すると、ふいと視線がそらされた。

　少女は何事もなかった様子で、最初に手にした鎧下を広げている。

──なんでしょう。外套の裾から剣先が見えてますし、鎧下を購入するのなら騎士……だと思うのですが。旅用の荷物袋を背負っているし、西方地域の競技会で会った女の子でしょうか。それともやっぱり南方地域でも、短弓を使うものは珍しいのでしょうか。

　そんなことを考えながら金貨袋をポケットにしまったとき、背後から騒然とした声が聞こえてきた。なにごとかと振りむくと、通りを歩く人々がいっせいに、ニナが通ってきた路地の方角を見ている。

　喧嘩だってよ、〈操舵亭〉の前だって、異国の女騎士が──覚えのある屋号と女騎士との言葉に、ニナはぎょっとする。まさか留守居のベアトリスたちが、誰かと揉め事を起こしたのだろうか。

首をのばして通りを見ている屋台の店主に、お世話さまでした、と声をかけ、ニナは買った鎧下を両手で抱えて走りだす。

「…………」

白銀の髪の少女は周囲の騒ぎに反応する素振りもなく、代金を無言で陳列台においた。荷物袋に鎧下をしまい込むと、後頭部に手をのばしてがりがりと搔いた。


大通りから石造りの階段をあがり、角を曲がって宿屋が建ち並ぶ路地へと入る。息を切らせて駆けよると、〈操舵亭〉の付近は野次馬らしい人々でいっぱいだった。

すみません、通してください、と群衆のあいだを抜ければ、看板が掲げられた宿屋の扉の前に、いかにも粗暴そうな騎士風の男たちが十数人。倒れている前掛け姿の男性と、それを助け起こしている黒髪の女騎士、ふたりを庇う位置で立ちはだかるベアトリスの姿があった。

「――部屋が空いてないからって亭主に無理強いして、ほかの宿泊客を追いださせようなんて、風体と人相どおりの乱暴な連中ね。本当に最低だわ！」

形のいい柳眉を逆立て、ベアトリスは強い口調で言い放つ。

日焼けした屈強な体軀に鎖帷子をだらしなく着崩し、むき出しにした太い腕には水蛇や錨を描いた模様。一見して野盗か、土地柄を考えれば海で交易船を襲うという海賊か。

年頃の女性であれば一睨みで悲鳴をあげるだろう恐ろしげな男の集団に、けれどベアトリスは怯むことなく、深い森色の目できっと睨みつけた。

「どこの国に生まれたって、戦闘競技会に出る騎士なら最低限の礼節は守るべきでしょ。平和に殉じた〈最後の皇帝〉の理念をなんだと思ってるのよ。腰の剣帯にさげてるのが飾りじゃないなら、非を認めてきちんと謝罪して、さっさと立ち去りなさい！」

堂々と告げたベアトリスに、男たちは礼節だってよ、謝れってか、とにやにや顔を見あわせる。毅然とした糾弾にも非難をこめた衆目にも動じない様子を見ると、武勇に自信があるのと同時に、おそらくは暴力沙汰に慣れているのだろう。

ニナはごくりと唾を飲みこんだ。

——どうしましょう。王女殿下や黒髪さんがお強くても、こんな大勢を二人で相手にするのは無理です。赤毛さんは街外れに行ってしまいましたし、騒ぎを聞きつけた街の警吏が駆けつけるとしても、このままでは。

焦るニナの内心をよそに、集団を率いているらしい鼻の上に太刀傷のある男が、うん、となにかに気づいた顔をする。

荒んだ目で無遠慮にベアトリスを眺めまわすと、下品な口笛をひゅうっと吹いた、

「なに。ぎゃんぎゃんうるせー小姑だと思ったら、よく見たらすげえ美人じゃん。誰も追いださなくていいから、あんたの部屋に泊めてくんねえ？　礼節よりさ、もっと楽しいこと教えてよ。お礼に競技会で対戦したら、手加減して勝たせてやるからさ」

馬鹿じゃないの、誰があんたなんかを、と声を荒らげたベアトリスに、鼻傷の男が近づく。

周りの男たちが包囲する形で移動したのを確認したニナは、咄嗟に背中の短弓に腕をのばした。けれど見物人の多さを見てとると、密集した状態で弓を使うのは危険だと判断し、矢羽根に触れかけた手をにぎる。

迷いに唇を結んだが、ベアトリスと鼻傷の男のあいだに割って入った。ニナ、と声をあげた美しい王女を背中にすると、なんだこいつは、と眉をよせた男に怖々と告げる。

「あの、それ以上は駄目です。は、離れてください」

「ああん？」

「おう……ベティさまに、乱暴なことは、しないでください。宿は、その、希望されたところが満室でお気の毒ですけど、騎士として順番は守るべきだと思います。この街は宿泊施設がたくさんあるそうなので、どうかほかを、探してください」

たどたどしい懇願に、鼻傷の男はきょとんとする。

次の瞬間にぶっと噴き出すと、おい、なあ聞いたかと、失笑している仲間と顔を見あわせた。薄笑いを浮かべ、身をすくませているニナを見おろす。背中の短弓を一瞥すると、荒んだ目に不穏な光を走らせた。

「お嬢ちゃん、小さいのに弓なんか背負っちゃって、もしかして〈ベティさま〉の護衛？　乱暴しちゃ駄目、なんて、ずいぶん勇ましいじゃん。でも悪いけど、子供には興味ねーんだよ」

言うやいなや、男は唐突にニナを払いのけた。

小柄な体軀が呆気なく飛び、見物人から悲鳴があがる。

抱えていた鎧下が宙を舞い、一瞬で転回したニナの視界には、驚愕したベアトリスの顔と青空と石畳。頭から叩きつけられたら危ない。衝撃を覚悟して受け身を取ろうとした身体は、けれど柔らかいなにかにぶつかって止まる。

「――⁉」

反射的に閉じていた目をあけると、白に近い白銀の髪が煌めいた。

空を背景に見おろしてくるのは、硝子玉を思わせる水色の瞳。背中に触れるのは石畳の固い感触ではない。肩や足を支えるのは細く、しかし意外と筋肉を感じさせる腕だ。

「……あなた、は……」

　ニナはおどろきに息をのんだ。

　布製防具の屋台で会った小さな少女。彼女がなぜここに。というか仰向けに抱きかかえられたこの体勢は、もしや自分が上にのっかって。

　ごめんなさい、大丈夫ですか、とあわてて謝ると、周囲の野次馬たちが騒然となった。

　はっと顔を向ければ、剣帯に手をかけたベアトリスを、黒髪の女騎士が必死に止めている。力に任せた理不尽な振る舞いは、正義感の強い〈金の百合〉にとって我慢ができない暴挙だ。それでも理を説いて言葉で諫めようとしたものの、ニナが払われたことで一気に頭に血がのぼったらしい。

　まきぞえを恐れた見物人が四散し、倒れていた亭主がまろぶように宿屋のなかへと避難する。張りつめた空気が流れ、男たちが大剣を抜こうとしたとき、亭主と入れ代わる形で〈操舵亭〉の扉が開かれた。

「止めた方がいいと思いますよ？　こういうのって騒動の原因如何ではなく、たいていの場合、先に剣を抜いた側が損する結果になりますから」

　宿から出てきた背の高い青年は、緊迫した状況には似合わない落ちついた声で告げる。

　ベアトリスが、あなた、と思わず目をむいた。

想定外の場所での意外すぎる相手との遭遇（そうぐう）。まえに見たときは〈獅子の王冠（レーヴェ・クローネ）〉を漆黒（しっこく）の軍衣（ぐんい）に戴（いただ）いていた細目の青年は、地味な印象の平凡な顔立ちを、鼻傷の男たちの方へと向ける。

「そちらもいい加減に引いてはどうかと。この金髪のお嬢さんは気軽に遊べるお相手じゃありませんし、なにより子兎（こうさぎ）さんには、面倒なこぶと容赦（ようしゃ）のないこぶがついてます。悪さを知られたら痛い目を見て、明日の朝陽は見られないでしょうし、命が大事ならお勧めしませんね？」

唐突な登場といかにも人を食った物言い。ああん、と怒気をあらわにした鼻傷の男に、しかし細目の青年――キントハイト国騎士団副団長ユミルは、とくに動揺（どうよう）した様子もない。

丈長のチュニックに前開きの上着。腰帯には短剣をさげ、頭部には長い布を帽子状に巻きつけて左耳の脇から垂らしている。船着き場で見かける海商の装（よそお）いだが、屈強とは程遠いひょろりとした姿形は、その素性（すじょう）を如実（にょじつ）にあらわし静かな迫力があった。

気圧（けお）されて身を引いた男たちに、ユミルはにこりと笑いかける。

「南方地域は騎士にとって修練と賞金を稼（かせ）ぐ場であり、同時に騎士は南方地域にとって、競技会を盛りあげて観客を呼びこむ大事な存在です。騎士が滞在中に落とすお金も収入源の一つですし、街の安全性に傷をつける刃傷沙汰（にんじょうざた）は歓迎されません。そうでなくてもここ最近、沿岸部の港街を中心に、名のある騎士が襲撃される不穏な事件が起こってます。あなた方も例の〈夫人杯〉が目当てでしょう？　警吏も神経質になってますし、下手に疑いをかけられたら……おっと、噂をすれば」

眉に片手を掲げた姿に視線をやれば、甲冑姿の警吏たちが宿屋街への階段を駆けあがってくる。

無頼者の集団はち、と舌打ちした。暴力事件で競技会出場禁止処分は避けたかったか、脛に他聞を憚る傷でもあるのか。忌々しそうにベアトリスを睨みつけると、足早に立ち去った。

まもなく到着した街の警吏に、ユミルは次第を説明する。

宿の空室をめぐり少しばかり揉めたが、因果をふくめたら理解して退去した。如才ない話術と警戒心を和らげる平凡な顔立ちに、胸元から身分を証明する海商としての印章を見せれば、警吏たちはとくに疑念も抱かず納得する。競技会で稼いだ賞金目当てと思われる、有力騎士を狙った事件が頻発していること、夜間や裏路地の界隈には注意するようにと告げ、〈操舵亭〉の亭主に話を聞くために宿へと入っていった。

周囲から人気が消えたのを確認し、ユミルはベアトリスらに向きなおる。

西方地域杯や親善競技でマルモア国とも対戦した経験があるのだろう。安堵の吐息をもらしている黒髪の女騎士の姿に、おやおやという表情で口を開いた。

「糸車と百合。なんともお珍しい組み合わせですが、理由を問うのは野暮ですかね。〈火の島杯〉も近いですし、ちょっと破格な高額賞金の競技会もありますから。ああ、わたしのことは〈海商ユミル〉と。うちは団員や家族の安全性が保証されているぶん、守秘義務なんて面倒なものはありませんが、まあ形ですかね」

軽く首をかしげたキントハイト国騎士団の副団長は、自分の状況を簡単に伝える。

といってもその内容はベアトリスらと大差なく、〈火の島杯〉を念頭に〈さまざまな情報収集のため、団長イザークの指示を受けて南方地域を訪れた。今月初旬(しょじゅん)より〈操舵亭〉に滞在し、部屋で事務仕事をしていたところ、たまたま騒ぎを聞きつけて顔を出したとのことだった。

ベアトリスと黒髪の女騎士はあらためて、騒動を収めてくれた協力への礼を述べる。他国の騎士団員に恩を売って損はありませんから、と涼しい顔をしたユミルは、そこでやっと、線のような細目をニナへと向けた。

「こんにちは。その節はどうもいろいろと。猛禽(もうきん)に追われて木の洞(うろ)に隠れたり、南方地域で海賊(かいぞく)風の男に絡まれたり。あなたもたいがい、厄介(やっかい)ごとに縁のある子兎さんですね」

思わぬ展開に呆気にとられていたニナは、あわてて立ちあがる。ご無沙汰(ぶさた)しています、と姿勢を正して挨拶した。

　南方地域の地方競技会には火の島全土から騎士が集まると耳にはしたが、遙か北の旧ギレンゼン地方で行動をともにしたキントハイト国騎士団の副団長に、こうして実際に会うなど不思議な感覚だった。

　二月初旬に千谷山で別れた同国騎士団は、ガウェインの捜索が終了次第王都に帰ると言っていたが、遺体発見の報がもたらされたのは三月の上旬だ。過去の制裁で領土を拡大したキントハイト国は西方地域でもっとも広大で、東西の距離はリーリエ国のそれに倍するほどだと聞いている。王都の詳細な位置までは知らないが、リーリエ国からでも馬で一週間以上はかかる南方地域に四月初旬に来ていたのなら、帰還するなり休息もなく馬を駆ってきたのだろうか。

　ユミルは周囲を見まわして、うん、という顔をする。

「いまさらですけど、面倒な方のこぶがいませんね。地下世界まで追いかけてくるだろう、重い恋情にうんざりして逃げてきちゃいましたかわかります。ええ、気持ちは痛いほど理解できますが、石畳に座っている小さなお嬢さんは初見ですね。うちの情報にはないですが、どちらのお仲間でした？」

　問いかけに、ニナははっとして足元を見た。予想外の邂逅で失念していた、自分が下敷きにしてしまった少女をようやくにして思いだす。

すいません、わたし、と青ざめると、身を起こした白銀の髪の少女は近くに落ちていた鎧下を拾いあげた。飛ばされたいきおいで手から離れたニナの鎧下に、己の外套のポケットから出した革袋をのせ、すっと腕を突きだす。

「……落としたものと、忘れていたもの」

抑揚のない声とともに示されたのは見覚えのある袋。

え、と目を見はったニナは自身の外套を探り、あるはずの金貨袋がない事実に気づいて愕然とした。布製防具の店で使用した金貨袋。忘れていたもの、と差しだしてきたのなら。

「も、もしかして、これを届けに来てくださったのですか?」

少女はこくんとうなずいた。

ニナは情けなさに顔をゆがめる。見ず知らずに近い彼女に、落とし物を届けさせたうえで乱闘騒ぎに巻きこむなど、なんて迷惑をかけてしまったのか。鎧下と金貨袋を受けとると、頭を深くさげて謝罪と感謝の意を告げた。

やりとりを見て近づいてきたベアトリスに、屋台で会ってからの流れを手短に説明すると、深緑色の目が感激に輝く。

親切な心根と誠実な対応はむろん、鼻傷の男に払いのけられたニナは、少女が助けなければ石畳に頭を強打した可能性もある。素直な好印象を抱き、外套の裾(すそ)からのぞく剣先に気づくと、いいことを思いついたとばかりに、ねえ、と少女をのぞきこんだ。

「鎧下に大剣ってことは、あなたも騎士でしょ？　もし誰とも隊を組んでないなら、わたしたちといっしょにならない？　来月下旬の〈カルラ・ロッテ夫人杯〉に出場しようと考えてるんだけど、七人制なのにあと一人、参加騎士が足りないのよ」

気安く誘いかけ、つづけて自分たちが西方地域の騎士団に所属する騎士で、この街には訓練と勉強をかねて訪れたと、当たりさわりのない身元を明かす。

じっと考えこんだ少女は、やがて首を縦にふった。

ベアトリスに応じる形で素性を告げる。名前はメル。年は十五歳。東方地域の騎士団員で、騎士としての見聞を広めるために南方地域に来た。先月までは東の港街で隊に入り競技会に参加していたが、つい先週この街に移動したばかりで、現在はどの隊にも加わっていない。

とりあえず明日の朝に港前競技場で待ち合わせることを約束し、メルはそのまま立ち去った。小さな後ろ姿が大通りへの階段に消えてまもなく、路地の反対側から荷物をのせた馬を連れた赤毛たちがあらわれる。

階段や坂の多い通りからでは騎馬で入れず、細い路地を大回りしてきた彼女らは、〈操舵亭〉の前に立つキントハイト国騎士団副団長ユミルの姿に目を丸くする。全員がそろってようやく安堵の息を吐いたニナは、あることを思いだしてふと眉をひそめた。

――でも変ですね。さっきは焦っていて考える余裕がありませんでしたが、落ちていたという金貨袋。鎧下を受けとるまえに外套のポケットに、きちんと入れたはずなのに。

自分の思いちがいか、なにかの加減で飛び出てしまったのか。

奇遇だね、西方地域杯以来か、ほかに同行者は――ユミルの肩を気さくに叩く赤毛の声を耳に、ニナが少女の去った方に視線を向けたとき、高台の教会が日暮れの鐘を遠く鳴らした。


――家路を誘う鐘の音が、もの悲しい響きで夕闇を染める大通り。

ぽつぽつと街を飾る灯に導かれ、人々が足早に通り過ぎるなか、白銀の髪の少女は外套をなびかせて一人歩く。建物のあいだの階段をおり、薄暗く臭気がよどんだ裏路地に入ったところで、足を止めて背後を振りかえった。

「…………」

気配から問題ないとは思ったが、いかなるときも周囲に注意を払う姿勢は無意識にすり込まれた習慣だ。

誰にもつけられていないことを確認し、メルは目を伏せると、先ほどの光景と自分の行動を想起する。

怪しまれてはいない。金貨袋を盗み、届けることを口実に宿屋を訪れた経緯にも不審はもたれなかった。〈調査〉も〈抹殺〉も、つながりは糧になる。現時点ではマルモア国騎士団とキントハイト国騎士団を引きあてた。隊に加われば、もう少し範囲を広げられるかも知れない。警吏の動きは注意すべきだが、一人より大勢にまぎれた方が、よけいな疑念を持たれずにすむだろう。

「……だいじょうぶ。わたしの行動は、あっている」

抑揚のない声でつぶやき、うなずく。指示役からの計画を反芻し、明日からの行動を頭のなかで確認すると、もういちどうなずく。まるで人形が、主人の指示を忠実に実行するように。

大通りからふと流れこんだ風が、白に近い白銀の髪と外套をさらった。海沿いの街では季節によって、朝と夕方に少し強めの風が吹く。

静かに舞った外套の下から、血で汚れた鎖帷子と鎧下が顔をのぞかせた。

少女のものではない鮮血の赤。硬化銀製の鎖帷子ならば洗い落とせるが、鎧下に染みこんだ血潮(ちしお)は容易に落ちない。役目を遂行(すいこう)するたびに買い替えて、けれどまさかそこで、あの黒髪の少女と知り合えるとは思わなかった。

　脳裏(のうり)に浮かぶのは無数の谷がある峡谷(きょうこく)だ。

　悲鳴のごとき風が吹き荒(すさ)ぶなか、緋色(ひいろ)の軍衣(ぐんい)の騎士たちが雨あられと矢を降らす。荒ぶる猛禽の傍(かたわ)らで、崖(がけ)の対岸から驚嘆(きょうたん)すべき一矢を放った濃紺(のうこん)色の軍衣の騎士。

「リーリエ国の〈少年騎士〉……」

　メルはぽつりとつぶやいた。

　後頭部を不意に掻(か)きむしると、硝子玉(ガラスだま)のような水色の目をふと細めた。

3

――え？

ニナは息をのんで目を見ひらく。

身を屈めたと思ったのとほぼ同時、一瞬で移動していた小さな身体（からだ）。

白銀の髪と硬化銀（ウルリル）の甲冑（かっちゅう）が春陽に煌（きら）めいた。振りかえった赤毛が体勢をととのえたときにはすでに、背後で跳躍した少女は空中で身をひねっている。

大剣が生き物のごとくしなり、赤毛の兜（かぶと）の命石（めいせき）を食らわんと迫った。けれどその軌跡はわずかに高く、飾り布をゆらすに止まる。

反撃とばかり、くり出された赤毛の刺突（しとつ）が真っすぐに命石に向かうが、少女は頭をのけぞらせてそれを避けた。後方に回転して地面に降り立つと、すかさず地を蹴（け）って大剣を横に薙（な）ぐ。

応じた赤毛が大剣で受け、金属音が弾けた。腕力に任せた押しあいは、しかし数秒とかぞえる間もなく勝敗が決する。

少女の身体が吹き飛び、審判部役の黒髪がそこまで、と声をあげた。

赤毛の女騎士はふう、と息を吐く。

大剣を剣帯におさめると兜をはずして頭をふった。軽く汗ばんだ額をぬぐい、その目を力強く輝かせる。

「おっどろいたねえ！　メル、あんたは本当に、見かけによらずってやつだ。多少は動ける気がしたけど、速さも敏捷性も想像以上だし、剣の扱いも十五歳には思えないほど堂に入ってる。なにより、動きの基礎になる体術が一級品だ」

海沿いに位置する港前競技場。

周囲を囲む防壁の東門から入って左手にある、青々とした下草が生える広場。数歩先で転がっている少女――〈メル〉と名のった白銀の髪の少女は、反動をつけてひょいと起きあがる。

よほど場慣れしているのだろうか。剣を交えた直後にもかかわらず、静謐に満ちた佇まいに興奮の色は欠片もない。

――すごいです。力では押し負けてしまいましたが、赤毛さんと互角、いいえ、身体の動かし方なら上回っていました。わたしより年下で背丈も変わらなくて、手も足も、大剣を使えるのが不思議なほど細いのに。

剣戟(けんげき)の場から少し離れた砂色の防壁の陰。感嘆の吐息をはーっともらしたニナのそばでは、ベアトリスや三人の女騎士らが、いいわね、わたしより速いかも、負けたわ、同じく、と、喜びと複雑さが入り交じった顔を見あわせている。

赤毛はメルに手を差しだした。試すような真似(まね)をしたことを詫(わ)び、あらためて自分たちの隊への参加を願いでる。

街外れに待機させていた焦茶と銀髪をともない〈操舵亭(そうだてい)〉に戻った赤毛が、空室をめぐる揉(も)め事やキントハイト国副団長ユミルの協力を聞かされたのは昨日のこと。ニナが不思議な縁からメルという名前の少女と出会い、ベアトリスが隊に誘ったくだりも知った。しかし日が明けた今日、防壁の東門前に立っていた小柄な少女騎士を見た赤毛は、ちょっと待って、この子なの、と思わず声をあげていた。

戦闘競技会(せんとうきょうぎかい)で勝敗を決める要素は体格だけではないが、それでも甲冑をまとい盾を手にし、足に近い長さの大剣を振りまわすには大柄で屈強であることが優位だ。遠征の目的となったカルラ・ロッテ夫人杯は、国家騎士団として出場する公式競技会と異なり絶対の勝利が求められるものではない。けれど訓練の一環である以上は勝ちを目指すべきだし、個々の実力差がありすぎる隊は、均衡と負担を考慮(こうりょ)した場合に怪我(けが)をする危険性が高くなる。

　それでも赤毛はマルモア国騎士団の女騎士のなかで最年長で、経験に裏打ちされた判断力と熟達の域に入りかけた剣技を持つ。騎士を見た目で評価する浅慮は過去の失態で身に刻んでいるし、なにより今回の遠征で隊を組むことになったニナその人が、外見と武器で侮(あなど)ってはいけない典型のごとき存在だ。

　ともかくは剣の程度を確認しようと一対一を持ちかけたが、自身の危惧(きぐ)がまったくの杞(き)憂(ゆう)であったと思い知らされた。

　わたしもまだ甘いね、と苦笑をもらす赤毛に対し、検分される形となった少女メルはとくに気にした様子もない。差しだされた手を軽くにぎると、そのまま連れ立ってニナたちのもとへと向かった。

　中競技場ほどの広々とした一帯は、競技会に参加する騎士が準備運動をしたり、陣形を確認するために解放された場所である。

　入り口である東門からつづく石畳(いしだたみ)の道を挟んだ向かいには、参加者が乗りいれてきた馬車が並び、一般的な地方競技会の会場同様に飲食や装備品の屋台も出ている。昼の鐘が鳴ってまもない人の入りは、初めて訪れたものなら祝祭かと思うほどの賑(にぎ)わいだ。鎖帷子(くさりかたびら)の騎士や町民らしい見物客の喧騒(けんそう)が、南方地域特有の強い日差しにゆらめいて見える。

　石畳の道の先には大きな建物が二つあり、タイルで装飾された石柱が見事な正面の建物には、参加騎士の受付所や仲間を募るための斡旋所が。その奥には屋外の競技場が並び、北の階段をあがった方の建物には、夜間や雨天時でも使用できる競技場が入っている。

もとは敵国の船団にそなえた防衛拠点で、国家連合の設立とともに複合的な競技場施設へと姿を変えた。防壁の窓にはめられた格子や海側に立つ見張りの塔が、戦乱の名残をわずかにとどめている。

競技会用の荷物がまとめられている日除けの木の下。ニナは赤毛とメルが戻るなり、お疲れさまです、と汗拭き布を渡した。

故郷のツヴェルフ村で長く戦闘競技会における裏方をしていた習慣か、団舎でも南方地域でも、率先して雑務に携わるニナの姿勢は変わらない。兜を順番に受けとると、頭頂部の命石を確認してから専用の箱にかさねた。訓練や模擬競技で使用される兜の命石は、経済的な事情から取りはずし式となっている場合が多い。使い終わった布は木桶に入れ、先ほど屋台で買ってきたメローネの果実水を差しだす。

かいがいしい世話ぶりに感心した赤毛は、うちにも一人欲しいね、と目を細めた。

少し考えると、革袋をかたむけているメルに告げる。

「ちょっと気になったんだけど、さっきの背後からの攻撃。完全に後手にまわってたし位置も完璧で、あんたくらい動けるならまず取れたと思う。それがはずれたのは、たとえば視力が悪くて小さい的が狙いづらいとか、頭部を打つのに恐怖心があるとか、そういう事情でもあるのかい？」

　メルは革袋から薄い唇を離すと、目を伏せて黙りこんだ。

「…………」

　不自然なほどの長い沈黙に、マルモア国の三人の女騎士たちが顔を見あわせた。赤毛は、あーと気まずそうな表情で、うなじで括った赤い髪をかく。

「いや、だから駄目って意味じゃないよ。戦闘競技会に出る騎士って一口に言っても、個々の型は当然にあるし。得手不得手に応じて主力と補助に分けて、戦術を組み立てるのは珍しくないし、うちの騎──」

「……わたしは視力は悪くないし、頭部を狙うのに恐怖心もない。だけど命石を打つのは慣れていないから、あまりうまくできない」

　メルが唐突に口を開いた。

　話をさえぎる発言と、棒読みのごとき乾いた声音。

　面食らって軽く身をのけぞらせた赤毛に対し、ベアトリスは華やかな美貌に喜色を浮かべる。あら、それならちょうどいいじゃないと、荷物の整理をしているニナの肩を思いきり叩いた。

「命石を狙うのが下手なら、むしろ好都合だわ。まさしく〈盾〉よ。リヒトの代わりよ。誰がニナを守るか検討中だったけど、これで決まりね。あ、東方地域出身なら、まえに背丈より長い弓を使った騎士団がいたって聞いたけど、メルは見たことある？　えっとね、このニナは小さな短弓が得意なの。完璧な精度で命石を射ぬけるんだけど、弓は防御に薄いから、〈盾〉になる騎士が必要で――」

打たれた肩をおさえているニナは突然の決定に、困惑した様子でメルを見た。

けれど唇を結んだ少女がなにか返答するまえに、赤毛たちは、だね、いいんじゃない、とうなずきあう。ニナの起用については同騎士団であるベアトリスが熟知しているはずだし、命石を狙うのが不得意なら、たしかにその組み合わせが最善だろう。

方針の決まった一行は事前の打ち合わせどおり、まずは模擬競技に参加することにする。カルラ・ロッテ夫人杯までは一カ月。一週目は互いの動きを確認がてら模擬競技、二週目からは小さめの競技会を組みこみ、四週目には七人制としてきっちり仕上げる予定だ。

受付で模擬競技の相手を探すあいだ、ニナとメルは〈盾〉と〈弓〉として相談しておくように。一方的に告げたベアトリスらは荷物をまとめると、開始時の並び順を話しながら建物の方へと行ってしまった。

残されたニナは無言で立ちつくすメルを見る。

――どうしましょう。こんな唐突に決められて、相談と言われても。

悪気がなくても結果的に相手を振りまわしてしまう、ベアトリスの強引な進め方は普段通りで、ニナにとっては慣れた態度だ。けれど初対面に近いメルから見たら、押しの強さが身勝手に映るかも知れないし、なによりも彼女はまだ〈盾〉と〈弓〉について承諾したわけではない。

――黙りこんだままですし、やっぱり嫌……ですよね。そもそも騎士の価値を決めるのは破石数とされていて、だからこそその破石王の称号です。メルさんが騎士としての技術向上のためにこの街に来たのなら、〈盾〉になっても、訓練という意味で有意義とは言えませんし。

そんなことを考えながら甲冑の草摺りを落ちつきなくいじる。対応に迷い、えと、あのですね、と視線を泳がせていると、メルが不意に沈黙を破った。

「……見たことはない。東方地域で大弓を使用した国家騎士団が存在したのは百年ほどまえ。命石を射ぬくのではなく、上空にいっせいに弓射し、相手騎士の走路を誘導するのに使った。一時は無敗を誇ったが、対策手段が考案されてからは廃れ、現在では大弓を取り入れている国家騎士団は確認されていない」

ニナはきょとんと目をまたたく。

唐突に語りだしたこと自体と、誰かに教わった知識をくり返しているような内容。なんだろうと戸惑い、やがて思いついた顔をする。もしかしていまの言葉は、東方地域で弓を使う騎士団を見た経験があるかとの、先ほどのベアトリスへの答えだろうか。

——だとしたら、メルさんは。

盾の役割を決められて気分を害しているかと思ったが、無言だったのは質問への返答を考えていたのか。思い返せば命石をはずした理由を問われたときも、答えるまで時間がかかった気がする。

うかがうように視線を向けるが、中空を見すえている水色の瞳はつくりものめいていて、持ち主の感情を読ませない。

ニナは少し迷うと、遠慮(えんりょ)がちに口を開いた。

「あの、メルさんは武器にお詳しいんですね。わたしの所属している騎士団の団長も、武具には深い造詣(ぞうけい)があるのですが、東方地域の騎士の方はみなさん、装備品の勉強をされるのですか？　それともどなたかに、特別に習われたのでしょうか？」

メルの薄い唇は動かない。

怯(ひる)みたくなる沈黙をじっと待つと、やがて抑揚(よくよう)のない声が紡(つむ)がれた。

「……〈先生〉に教えてもらった。四地域に現存するすべての武具について。覚えなければならないから、自分でも学んだ」

返ってきた回答に、ニナは表情をゆるめる。屋台で会ったときから風変わりな雰囲気の少女だと思ったが、どうもメルは受け答えの間隔が、少し個性的であるらしい。

そうなんですか、勉強熱心なんですね、とつづけ、あらためて〈弓〉である自分の〈盾〉として競技会に参加してもらえるかを確認する。ややあってうなずいたメルに安堵すると、ベアトリスの言葉を補足する形で、競技場での動きを伝えた。

指を人に見立て、互いの距離や弓射時の場所取りについて説明していると、二人を呼ぶ声が聞こえる。奥の建物の前で手をふっているベアトリスの姿に、行きましょうか、と歩きだしてまもなく。観賞用の植物が植えられた石畳に差しかかったところで、ニナはふと足を止めた。

──あれは。

一対一をしていた広場とは石畳を挟んだ反対側。屋台の周囲に集まった群衆のなかに、大きな紙袋を両手で抱え、傍らに少年を伴った金髪の青年の姿が──

──リヒトさん？　いえでも、そんな。

しばらく呆然とし、はっと目を凝らしたときにはすでに、その影は人混みのなかにまぎれている。

喧騒に包まれる群衆を放心した表情で眺め、ニナはやがて眉をよせた。

金髪で騎士風の青年など珍しくないのに、〈盾〉と〈弓〉の話をしていたからか、あるいは競技場と軽食の屋台を見たからか。恋人を連想させる出来事があったとはいえ、昨日の買い物につづき、いるはずのないリヒトの面影を追ってしまうなど自分がひどく情けない。それともガウェインの軍衣をめぐる一件について、日が経つにつれて自信がなくなってきたからだろうか。所持していたことも、理由を明かせなかったことも。

——なんだよこれ。もう真剣に最低。どうしてこんな。

苦しげにもらされたリヒトの言葉が、ふと胸の奥をよぎった。

小さな手を無意識ににぎったニナは、先に行ってしまったメルに気づき、あわててあとを追う。私的な事情に囚われた自分の心を諌めるように、小刻みに首をふった。

うじうじ悩んでばかりでは、団舎で留守番しているのと変わらない。いまは四月の下旬で、団長ゼンメルに許された期間を考慮すれば、帰国までおよそ一カ月の猶予がある。

リヒトとの問題を解決する時間はまだあるし、あらためて考えればリヒト以外の〈弓〉として訓練ができるのは有意義な機会だ。西方地域杯でのときと同じく、火の島杯でほかの騎士を〈盾〉とする場合もあるかも知れない。そういう意味で、ニナがいま集中すべきは目の前の模擬競技とメルのはずだ。

──それに。

港前競技場の大扉前。早く早く、模擬競技の相手が決まったのよ、と急かすベアトリスの姿に、ニナは心を引きしめる。

今回の遠征は、やはり発案者であるベアトリスを主体に動くべきだ。己のあり方に悩んでいるという、その原因や心の奥底はわからないし、自分が解決に役立てるとも思えない。でもベアトリスはリーリエ国の王女ではなく、個人としてどこまで戦えるか試したいと言っていた。そうであるなら騎士として迷惑はかけたくないし、どんな競技会でも勝利のために貢献したい。

ささやかではあるけれど、リーリエ国騎士団員としての自負と気概。

小さくうなずき、ニナは先導するベアトリスに導かれて扉へと向かったのだが。

──駄目です、また。

大きく剣を振りかぶった相手騎士が、射程にとらえたニナの命石を狙う。その背後では低い姿勢で身がまえた〈盾〉のメルが、〈弓〉であるニナの危機に駆けつけることなく、別の騎士に対峙している。

「――！」

覚えのある風音と衝撃。

赤い命石が砕け、呆気なく飛んだ小柄な体軀から、留具がはずれた兜が落ちた。

審判部役の従僕が角笛を吹き、ニナの退場を告げる。戦闘競技会において勝敗を分ける命石を割られるのは初めてではなく、装着に工夫が施された兜は衝撃を和らげるが、競技場に投げだされた身体はそれでも痛い。息が詰まる感覚にしばらく耐え、相手騎士と剣を合わせながら負傷の有無をたずねたベアトリスに、平気だと合図する。転がった兜と手放してしまった短弓を拾うと、ニナは打った脇腹をおさえて木杭の外へと出た。

小競技場を階段状に囲む観覧席にあがって荷物置き場に歩いていくと、模擬競技の順番を待つ騎士や見物人から、呆れとも嘲笑ともつかぬ声がもらされる。あーあ、だよな、短弓じゃ無理だろ、どこの地域の、まあ子供だから――正式入団してから聞く機会が少なくなっていた、かつては頻繁に投げられた言葉を耳に、ニナは小柄な身体をちぢめて腰をおろした。

汗拭き布で顔をぬぐい眼下の競技場を眺めると、走りながら鋭角的に方向を変えて相手騎士の視線を惑わせ、下段から斜めに大剣を振り抜いたメルが見えた。

観客席からおお、と声があがるほどの卓絶した動きだが、本人が〈うまくない〉と告げたとおり、その切っ先は飾り布をゆらして空を斬る。ほどなくして角笛が鳴り、砂時計一反転を制限時間とした七人制の模擬競技は、残り騎士数が七対六の劣勢のまま終了した。

南方地域の北部から来たという相手騎士隊は、正確な連携と統率から、あるいはどこかの国の国家騎士団員かも知れない。競技場の端に整列すると、堂々とした立礼を残して去っていく。

やがて観客席に戻ってきたベアトリスらに、ニナはさっそく汗拭き布を渡した。兜をはずして盾を置いたところで果実水の革袋を配る。全員が一息つくのを待つと、おずおずと切りだした。

「……あの、今日もご迷惑をおかけしてすみません。午前も午後の模擬競技も、いちども弓射する機会のないまま、命石を打たれてしまって」

甲冑の首当てをあけて長靴を脱ぎ、籠もった熱を冷やしていたマルモア国の女騎士たちは、あーという顔をする。少し離れた観客席に座り、競技の余韻を感じさせない涼しい表情で果実水を飲むメルを一瞥すると、どう反応すべきかという様子で視線を交わした。

赤毛は落ちついた苦笑を浮かべて告げる。

「謝る必要はないよ、ニナ。失石数はお互いさまで、あんたが競技場で一生懸命なのはわかるしね。……ただ模擬競技を開始して一週間が経つのに、弓射の成功率が半分程度なのは予想外だ。七人制は十五人制よりも、人数が大きな意味を持つ。いちどつけられた劣勢をひっくり返すのは、実力差があっても簡単なことじゃない」

昨年の西方地域杯で、前夜祭と競技場でまったく態度が異なったように。宿屋でこそ無(ぶ)遠慮(えんりょ)なほど人懐こく、ニナの髪を結ったり華奢(きゃしゃ)な手足を飽(あ)くことなく触ったり、食堂では手ずから食べさせたがるマルモア国の女騎士たちは、けれど戦闘競技会に関しては厳しい〈騎士〉の顔を見せる。

努力する姿勢こそ認めつつ、隊の負荷となっている現実をはっきりと指摘され、ニナは自責にうなだれた。

初対面に近いメルを〈盾〉とする決定につき、もちろん最初から完璧(かんぺき)にできると楽観視していたわけではない。互いの役割は伝えたが、実戦をかさねて慣れていく部分もあるだろうと。それでもメルの競技会運びは、ニナの予想とはあまりにちがっていた。

――本当になんでしょう。メルさんはあれだけ動けるし、〈盾〉としての行動が能力的に不可能だとは思えません。相手騎士を押さえたり走路を断ったり、かみ合うときもあるのですが、それでもどこか違和感を覚えるといいますか。

人形めいた無表情で革袋を口にするメルを見やり、ニナはいままでの模擬競技を振りかえる。彼女はたしかに自分を標的とした騎士を足止めしてくれる――だけど、それ、それだけなのだ。

剣戟の流れで相手が走れば背後のニナに頓着せずに追う。弓の軌道を考慮することなく命石を隠す角度で身体を止め、ニナに不用意な移動を余儀なくさせる。結果として先ほどのように別の騎士にニナを狙わせる隙をつくり、しかも自身は目の前の敵にのみ集中して救いに戻ることもない。

ベアトリスはそんな姿勢に対し、盾は弓を守らなければ駄目だともちろん告げた。けれどメルは奇妙な顔で黙りこみ、陰鬱にうつむくだけ。

偶然に行動の感覚が合えば弓射できるが、安全圏で弓を打つのと無理矢理つくりだした機会で射ぬくのでは、やはり精度に差が生じる。不必要な位置変更で足を使えばそれだけ弓射に影響するし、普段なら耐えられる砂時計一反転で、息を切らしてしまう場合さえある。

――それに最近は大競技場での公式競技会ばかりだったせいか、中競技場での場所取りや相手騎士との距離感がうまくつかめません。来週からは小さめの競技会に参加する予定なのに、こんな不安定な状態では。

そんなことを考えていたニナの耳に、遠く鐘の音が聞こえてきた。

街の高台にある教会が時を告げる音は四回。街外れの宿に滞在しているというメルは、午前の鐘ごろに港前競技場にあらわれ、夕の鐘を合図に帰っていく。

ニナは立ちあがったメルに歩みより、一日の労に感謝して翌日の待ちあわせ時間を確認した。明日は来られないとの答えに、結果のでない盾の役目に嫌気がさしてしまったかと内心で焦るが、単純に用事があるらしい。それが癖なのか後頭部をがりがりと掻き、メルは赤毛たちのねぎらいの声を背に立ち去った。

小さな後ろ姿は観覧席の両端にある出入り口へと消える。

その瞬間を待っていたかのように、ベアトリスがねえ、とおもむろに切りだした。

「……ずっと考えてたんだけど、リヒトって実は〈すごい〉のかしら？」

不意打ちで耳にした恋人の名前。どきりと胸を跳ねさせたニナに対し、赤毛たちは怪訝な顔をする。

模擬競技が終わってから腕を組んでいたベアトリスは、百合を思わせる華やかな美貌に真剣な表情を浮かべてつづけた。

「だってまえに聞いた話だと、ニナと初対面に近い状況で〈盾〉と〈弓〉として成功したんでしょ？　わたしもメルと同じで、競技会だと目の前の相手に夢中になってほかに注意が向かないの。それを考えると相手騎士に対応しつつ背後のニナの動向を把握して、確実に守ったうえで弓射しやすいように立つ位置まで工夫するなんて。義姉の贔屓目をとおしても恋人としては厄介だけど、盾としては優秀なのかしらって」

女騎士たちは先月の親善競技を思い浮かべ、納得したふうにうなずいた。

まあたしかに、冷静に考えるとそうね、守備だけは上手いし、でも厄介な恋人ってなによ――言い合っていると、階段の方から唐突に応じる声があった。

「なるほど。それはまったく同感ですね。ですがその〈すごい〉は、感情の裏打ちがあってこそ。大事な恋人は可能なかぎり傷つけたくない。重すぎるほどの愛情が根底にあるがゆえの、盾としての完璧さでは？　金髪さんなら請われずとも、音に匂いに気配。あらゆる感覚を駆使して、全神経を子兎さんに集中しているでしょうからね」

丁寧でいて人を食った口調は、いまさら誰かと問うまでもない。

一同が顔を向けると、〈海商ユミル〉を名のるキントハイト国騎士団副団長ユミルが、薄い微笑みを浮かべて近づいてきた。

細身の長身に丈長のチュニックとゆったりした上着をはおった、その腕には籠がさげられている。差し入れです、と渡された籠のなかには、本国から交易品として持ちこんだ蜂蜜で漬けたという、瓶に入った南方地域産の柑橘類。

同じ〈操舵亭〉に滞在中のユミルは情報収集のために港街ジェレイラに来たと説明した

とおり、宿の部屋には頻繁に人が出入りし、書類や荷物のやりとりをしている。集める情報には火の島杯にそなえた各地の騎士の様子もふくまれるのか、この港前競技場でも姿を見かけ、差し入れとして果物や軽食を持ってくるときもある。

　過分な厚情に最初は戸惑った一同だが、お礼はこちらで対戦した有力騎士の、身体的特徴と利き腕と長所と短所でお願いします、と言われ、遠慮なく受けとることにした。理由のない行動は裏が気になるが、最初から明かされた裏はただの交換条件だ。

　詰草を原料とする蜂蜜は甘い花香が濃厚で、新鮮な柑橘類をいっそう引きたてる。絶妙な味加減のシトロンに素直な感嘆をもらし、大きめの塊を次々に口に放りこんでいたベアトリスが不意に眉をひそめた。

　酸味が強すぎたのではない。深い森色の瞳は競技場に――彼女たちに入れかわる形で模擬競技を開始した、柄の悪そうな男たちの隊にそそがれている。

　日焼けした屈強な体軀に水蛇や碇を腕に刻印した彼らは、ジェレイラの街に到着した初日、宿の空室をめぐり揉め事になった男たちだ。その件を根に持っているのか、〈金の百合〉たる美貌に目をつけたのか。集団の親玉らしい鼻傷の男は競技場で会うたびに、下品な口笛を吹いたり酒場に誘ったりと執拗に絡んでくる。

　にやにやと笑いながら手をあげた鼻傷の男から、ベアトリスはふんと顔をそむけた。

競技場に目をやったユミルはだいたいの事情を察し、おやおやと苦笑する。

「面倒な連中に気に入られましたね。南の諸島群からきた騎士隊らしいですが、腕が立つうえに乱暴で、裕福な商人を恐喝したり酒場では代金を踏み倒したり、役人に捕まらない程度にやりたい放題。競技会でも相手騎士隊に不必要な怪我を負わせるとかで、ここの受付も頭を痛めています。典型的な街のごろつきですが、実力的にはカルラ・ロッテ夫人杯の優勝候補の一つでしょう」

情報提供はお互いさまなのか、ユミルはその流れでいくつか、ざっと見た感じの有力隊を教えてくれた。

東方地域から来た全員が黒髪の騎士隊や、北方地域から遠征してきた雪のごとき色白の肌の隊。西方地域ながら近隣の、ラトマール国から日参してくる軽装の隊。また先ほど模擬競技で対戦した相手は、規律正しい動きから予想したとおり、南方地域でも中央火山帯に近い北部の国家騎士団員らしい。

一通り語り終え、ユミルは、ああ肝心な隊を、と思いだしたふうに笑った。

「糸車と百合の方々も当然に、本来の実力を考えれば金貨五千枚を狙える隊でしょう。ただ小さな盾と弓がいまの状態では、わたしの見たところ三回戦突破がせいぜいでは？」

瓶詰めの蜂蜜漬けをぺろりと空にし、ベアトリスは嫌そうな顔をする。

「ニナとメルはまだ調整中なのよ。だって知り合ってまだ一週間程度だし……って、待って。あなたのさっきの理論だと、盾と弓には技術だけじゃなくて、気持ちが必須ってことよね？」

「剣が騎士の心なら、盾もまた然りかと。誰だって大事な相手は守りたいはず。金髪さんより防御にすぐれた騎士は当然に存在しますが、だからといってそれがそのまま、子兎さんの優秀な盾になれる保証はないかな、と」

「つまり簡単に言えば、ニナとメルが仲良くなれば競技場でも機能するってことかしら。呼吸を合わせる意味でも納得できるけど、でもあの子、ちょっと絡みづらいのよね。人形みたいな無表情で反応も薄いし、頭をなでたり抱きあげたり、ニナとお揃いの服を着させて遊びたいのに、妙に隙がなくて逃げちゃうのよ」

不本意そうな言葉に黒髪の女騎士が、着せ替えなら南方地域の踊り子の装束がいい、と手をあげる。大人びた雰囲気の焦茶と銀髪にくらべ、マルモア国の女騎士で最年少の黒髪は落ちつきがない。鏡の前でベアトリスと胸の大きさを競ったり、南広場で買った子供用の衣装を広げて、ニナに着るようにと迫ってくる。

「メルさんと仲良く……」

ニナは小さなシトロンの塊をかじってつぶやいた。

隊を組んで一週間。慣れぬ環境への対応で手一杯の初日と比較し、最近では待ち時間に雑談する余裕もできた。しかしメルもニナも積極的に交流を深める方ではなく、挨拶や事務的な会話しかしていない。ニナ自身の経験として流動的に変わる競技会では、細かな位置取り一つとっても、互いの行動が予測できる程度の意思の疎通はたしかに必要だ。盾と弓として機能しないのは、そこに理由があるのだろうか。

思案するニナを見やり、赤毛は眼差しに逡巡を見せると、ややあって言った。

「……年齢も近いし、ニナとメルが友人として親しくなれたならいいと思う。他国の騎士団の内情に口出しする権利がないのも理解してるけど、でもさ。その感情が前提の関係性っていうのは、勝利が要求される国家騎士団の騎士として考えた場合、ちょっと不安定じゃないかな」

力強い雰囲気と頼りがいのある態度が常の赤毛には珍しい、遠慮がちな声音。どういう意味、と訝しげな顔をしたベアトリスに、言葉を選びながらつづける。

「力の源が愛情なら、それは二人の関係が良好なときにだけ成立するものだろう。恋人同士でも夫婦でも、ずっとうまくいく保証なんてない。大事な競技会のまえに喧嘩したり別れたり、そういう状況になった場合でも、切り離して競技することが可能なのかってさ」

――大事な競技会のまえに喧嘩したり。

ニナは内心でどきりとする。

赤毛の指摘した危惧は、まさしくいまのニナとリヒトの状態だ。〈赤い猛禽〉ガウェインの軍衣をめぐる一件で気まずいまま離れた恋人。もしもいま戦闘競技会があって、盾と弓として完璧に機能できるかと問われたら、その自信はたしかにない。だとしたら仮にこのまま問題が解決しなかった場合、火の島杯になんらかの悪影響を及ぼす結果になるのだろうか。

唐突に不安になったニナは、口に含んだ蜂蜜漬けを喉を鳴らしてのみ込んだ。落ちつかない様子で視線を迷わせる姿に、ベアトリスは赤毛の肩を乱暴に叩く。だいじょうぶよ、と明るい声で断言した。

「ニナとリヒトにかぎっては、うまくいくもいかないもないわ。そこの〈海商さん〉の表現したとおり、なにしろリヒトは一途を通りこして、重さと執拗さで辟易するほどの溺愛なのよ。揉め事も別れるも喧嘩も、呆れて逃げちゃうっていうか、ねえニナ?」

同意を求められたニナの肩が小さく跳ねる。

真面目で純朴なニナは、誤魔化しや嘘といった要素は基本的に縁遠い。諾とも否とも答えられず、えと、あの、と口ごもった姿に、空気を読むのが苦手な美しい王女は、いったいなにを感じとったのか。

ベアトリスは深緑色の目をゆっくりと見ひらいた。

ニナは泣きそうに顔をゆがめて下を向く。

ちょっとやだ、嘘でしょ、と首をふった王女の金の髪と、興味深そうに片眉をあげたユミルの上着を、夕闇に染められた海風がさらった。

――丸い木卓の上に並べられたのは、黄金色に輝く卵のタルト。

貝と魚の形のビスケットに香辛料（こうしんりょう）がきいた挽肉（ひきにく）のパイと、焦げ目が香ばしい揚げパン。シロップに漬けた旬（しゅん）のオレンジに、ミントが爽（さわ）やかなハーブ茶とメローネの果実水（かじつすい）。そして真剣な表情で腕を組み、対面の椅子（いす）にどっかりと腰をおろしている、リーリエ国の誇る美しい〈金の百合〉。

これと似たような光景を、仮入団のころの王都ペルレで見たことはなかったろうか。なんとなく既視感（きしかん）を覚える状況に、ニナは丸椅子に座った足をもぞもぞさせる。

大通りから路地を入った宿屋街にある、夜の〈操舵亭〉。

港前競技場から帰宅して二階の客室にて甲冑（かっちゅう）をはずし、一階の食堂におりて夕食をとった。国ごとに分けた客室に戻り、いつもなら装備品の点検をすませて就寝となるのだが、今日はそのままマルモア国側の部屋に連れていかれた。

なにがはじまるのかと戸惑っているうちに人数分の椅子が用意され、港前競技場の屋台で土産にした軽食と宿屋に用意してもらった飲み物が卓上に並べられる。窓と扉をしめた女騎士たちが木卓を囲む形で席についたところで、ベアトリスはおもむろに口を開いた。

「……準備はいいわね。〈その手〉の相談にお茶とお菓子はつきものだし、競技場や食堂だと、子供の耳を憚る内容の場合に困るから。明日はメルに用事があるし、街に来て一週間で疲れも出るころだから休日にしましょ。これで話が長くなっても平気よ。で、ニナ。あなたいったい――なにをされたの？」

凄みのある低い声で問われ、ニナはぎょっと首をすくめた。

「え、な、なにをされた、と、い、い、い、仰いますと？」

「隠さなくていいわ。あなたとリヒトに問題が生じるなんて、どうせあの子が〈ろくでもないこと〉をやらかしたんでしょ。春先ごろから恋の季節の猫みたいに浮かれてるとは思ってたけど、揉め事になるほど暴走するなんて救いようのない愚弟だわ。ああ、心配しなくていいわよ。〈ろくでもないこと〉の種類と程度によっては、王女として腹をくって、その権限を最大限に利用するから」

「王女として腹をくくる……？」

「団舎の風紀を乱した公序良俗違反で、教会で夜通し懺悔させるのはどう？　身ぐるみ剝がして一週間くらい、〈迷いの森〉に放りだしてもいいわね。あの子限定のクーヘン禁止令も効果的かも。それともロルフに九割増しで告げ口して……は、団員の数が減っちゃうわね却下だわ。ともかく、しでかした行動に対しての相応の報いは受けさせるから、安心して打ち明けてもらって平気よ」

　断言したベアトリスに、マルモア国の女騎士たちが力強く首を縦にふる。

　客室が狭く感じられるほど圧迫感のある、大柄な五人の女性に高い位置から見すえられ、ニナは怯え気味に視線を迷わせる。ベアトリスの発言は意味不明だが、どうやら観客席での態度でリヒトとの揉め事を勘づかれたうえ、原因はリヒトだと誤解されているらしい。しかしガウェインの軍衣をめぐる一件は自分の行動が発端で、心を傷つけたという意味では、むしろ〈やらかした〉のはニナの方だ。

　豊満な胸を強調するように腕を組み、さあ、と柳眉をつりあげているベアトリスに、ニナは、ちがいます、と否定の声をあげた。

「あの、想像されている内容はわかりませんが、リヒトさんはわたしに、処罰が必要な酷いことはしていません。たしかに南方地域へ来るまえに、気まずい状態になったのは事実です。でもそれはわたしの行動や対応が、その、適切ではなかった、と言いますか」

　ベアトリスは長いまつげの目をまたたいた。

　なにもしてない、と、どこか残念そうな声でくり返す。

　遠慮がちにうなずいたニナの表情に嘘はないと感じたのだろう。聞いてた話と、不埒な無体、乙女の純情、正義の鉄槌——成り行きを見守っていた女騎士たちに顔をよせてささやかれ、ベアトリスは組んでいた両腕を静かに解く。

　人目を忍んだお茶会の設定も戦いに挑むがごとき詰問も、善意と思いこみで周囲を振りまわす典型的な流れだったのか。薔薇色の頬をばつが悪そうにかくと、巻きこまれた形の女騎士たちを上目遣いに見まわした。

「……ごめんなさい。かなり先走った妄想だったみたい。でもだって、親善競技の様子じゃ〈騎士〉としての線引きはできてたし、だったら揉める原因なんて〈その手〉方面しかないじゃない？　恋人の〈こ〉の字くらいの関係になれたって、喜色満面で報告してきたし、調子にのったリヒトがニナの意思に反して暴走して喧嘩になって……って、じゃあそれなら、気まずくなった原因って、結局なんなの？」

　ベアトリスに向けられていた女騎士たちの視線が、ふたたびニナにそそがれる。合わせて十個の目の注視を受け、ニナは膝の上に置いた手を強くにぎった。

──どうしましょう。発端となった原因と言われても。

ガルム国での〈赤い猛禽〉の一件は事件に関与した三カ国の協議により、戦闘競技会出場禁止処分を契機に幽閉されていたガウェインが逃亡し、同国騎士団長の活躍で討伐(とうばつ)された、という形で公表されている。国家連合(リントヴルム)で禁止されている硬化銀製武器の密造が絡む一連の出来事は、団長ゼンメルより厳格な守秘義務が課されており、その過程で起きた軍衣に関わる経緯を口外することはできない。

しかし遠征を終えて帰国したのち、リヒトとどう向き合うかの結論は出ていないのは事実だ。赤毛が危惧(きぐ)したとおり私的な関係性の悪化が、競技場における騎士としての働きにまで影響する可能性があるなら、少しでも助言をもらって許されるだろうか。

ニナは迷ったすえ、詳しい経緯は話せないのですが、と断ってから切りだした。

リヒトに内緒で所持していたあるものを偶然に見つけられ、理由を問われた。自分にはすごく大事なもので、持っていたわけは品物に関わる人物の秘密に触れるのでリヒトであっても言えなかった。結果として気まずくなり、隠し持っていた事実がリヒトを傷つける行為だったのはたしかで、恋人としては望まずとも理由を明かすべきだったかと悩んでいる──

木卓を囲む一同はゆっくりと顔を見あわせる。

当初危惧していたような、ベアトリスが王女としての強権を発動する類の不埒行為や無体ではなかった。しかし極めて単純なリヒトの嫉妬と狭量はともかく、当然の自己主張をためらうニナの態度は、むしろ根本的な意味で問題ではなかろうか。

誰も声を発しないまま、なんとなく微妙な空気が流れた。

それに気づき、自分の対応はやはり過ちだったかと肩をちぢめたニナの姿に、赤毛はやがて小さく苦笑する。

「……なるほどね。嫌なことを嫌だって堂々と言えない。そういう傾向も感じたからあたしはあのとき、あんなよけいなことを」

額に乱れかかった深い赤茶色の髪をかきあげ、赤毛はマルモア国の女騎士たちを見まわした。

黒髪に焦茶と銀髪。三人は彼女がなにを語ろうとしているか察したのだろう。判断を任せるというふうに、軽いうなずきを示す。

戸惑うニナに、赤毛は安心させるように柔らかい声で告げた。

「突然だけど、ニナはマルモア国騎士団は団員間での恋愛が禁止されてるって、聞いたことある?」

「あ……えと、はい。詳しくは知りませんが、まえに、少しだけ」

昨年の西方地域杯を思いだし、ニナは答える。リヒトから対等に扱われない自分をベアトリスに相談した流れで、マルモア国でも同様の事例があり、それをきっかけに騎士団内での恋愛が禁じられたらしいと耳にした。

「今回や西方地域杯での盾とあんたとの件と、少し関連してるんだけどね。マルモア国騎士団にその前時代的な決まりができたのは十年くらいまえで、それまでは普通に団員同士が付き合ったり結婚したりしてたんだ。それが、とある恋人たちが問題を起こしてさ」

「恋人たちが問題……」

「よくある騎士団内の恋愛だったけど、貴族出身の男は優秀なぶん独善的だった。でも女の方は初めての恋人で、とにかく相手に夢中になって、なんでも男に合わせたんだ。髪型や服装なんかの私生活はもちろん、競技場で不必要に守られてもさ」

「不必要に守られてって、じゃ、じゃあその女の方は」

「西方地域杯の第一競技であんたが〈盾〉にされたことと同じだよ。……騎士として対等な存在じゃないって、女は悩んだけど嫌われたくなくて、ほかの団員から軽蔑されても男の意思にしたがった。ある競技会で男が仲間より女を優先して、その仲間が騎士の命を失うほどの大怪我を負うまではね」

青海色の目を見ひらいたニナに、赤毛は意思の強そうな眉をよせる。

「女はそこでようやく、騎士団にとって自分が〈お姫さま〉でいた意味を実感したんだ。後悔して反省して、けじめをつける形で男に別れを告げた。男がなだめても首を横にふって、それが優秀な男の自尊心を傷つけたんだろうね。態度を豹変させた男は、訓練で女を故意に負傷させたり評判を貶める噂を流したり。そりゃあ酷いものだったよ」

苦いなにかを思いだす声で、赤毛の女騎士はつづけた。

〈お姫さま〉だった女は団員に忌避されていて、根も葉もない嘘で中傷されたこと。それでも退団したら〈騎士〉になれずに終わってしまうと必死に努力したこと。真摯な姿勢は次第に周囲の理解を得るようになったが、男はよけいに女を冷遇し、騎士団を二分する対立となったこと。

信頼関係のない国家騎士団が戦闘競技会で結果を残せるはずもなく、当時のマルモア国騎士団の競技会結果は連戦連敗。結局は国王の采配を仰ぐ事態となり、横暴な行為が発覚した男は退団処分。災禍の発端となった団員間の恋愛は、それ以降禁止された。

女はその後も団員として国を支え、やがては女騎士のなかで最年長の古参となった。火の島杯に向けた訓練として、仲間とともに南方地域に遠征へと出た——

そこまで聞き終えて、ニナはえっという顔をする。

「あの、ということは、その〈女の方〉とは」

初耳だったのか、目を丸くしているベアトリスが、うそ、そうだったの、と席を立ちかけた。赤毛はほかの女騎士と視線を交わすと、どこかしてやったり、という表情をする。

「そ。いま話した〈女〉は、つまりはわたし。……だからさ、他国の国家騎士団の内情に口出すなんてお節介(せっかい)だとは思ったんだけど、西方地域杯の第一競技のあとでつい、ニナに声をかけたんだよ。自分の立場に気づかないで、ただ一生懸命やってた姿が、なんかもどかしくてさ」

「赤毛さん……」

「でも結局あんたは答えを出せて、第二競技ではまちがいなく〈騎士〉として戦えた。だからえらそうに指図するつもりはないけど、問題を大きくしたり自分が辛(つら)くなるまえに、嫌なことを嫌だって言うのは当然っていうかさ。騎士団にとっての恋愛は力にも枷(かせ)にもなるって、自覚しておくだけでもちがうかなって。馬鹿みたいな失敗も反面教師にしてもらえれば、多少は救われるからね」

赤毛は優しい微笑(ほほえ)みを浮かべる。

辛気(しんき)くさい昔話は終わり、と木杯の果実水を口にする女騎士を、ニナはまるで初対面の相手を見るような感覚で眺めた。

大柄な体格に力強い眼差(まなざ)しの、落ちつきと冷静さをそえた異国の騎士団員。騎士として十歩も百歩も先の位置にいる赤毛に、そんな過去があったなど想像さえしなかった。

思い返せば西方地域杯で出会った女騎士フォルビナも、強者が集うキントハイト国騎士団で正騎士を目指せる実力を持ちながら、〈お姫さま〉として扱われた過去に悔恨を抱いていた。〈赤い猛禽〉との親善競技で大切な友人が自分を庇い、左足と騎士としての将来を失ったのだと。だからこそ守られる立場に甘んじていたニナの姿に、過去をかさねて辛くあたってしまったと言っていた。

戦闘競技会制度に男女の別はなく、国家騎士団に女性がいることは珍しくない。けれど同じものを目指す過程で恋愛感情の生まれる可能性があるのなら、国を守るという国家騎士団の役目を果たすため、公私を分けて考える姿勢は団員の義務なのかも知れない。

いずれにしても現在の赤毛が平坦ではない経験の上に立っている事実は、彼女に憧憬を感じているニナを勇気づけた。真摯に心配してくれた気持ちも嬉しく、ニナは木卓についた女騎士たちをあらためて見まわすと、時間を割いて大切な話をしてくれたことに感謝の意を告げる。

そんな姿を目を細めて眺め、ベアトリスは短く息を吐いた。話がまとまったらお腹がすいたわ、と笑って、卵のタルトと揚げパンを立てつづけに口にする。

華やかな美貌にふさわしい明朗さと、少し不似合いな大食漢ぶり。なんとなく静かだった雰囲気がほぐれ、女騎士たちはつられるように軽食や木杯に手をのばした。国章を誇り高く軍衣に戴き、国の命運をかけて剣をふるう彼女らも、競技場を離れれば普通の年若い娘だ。西方地域では珍しい菓子や軽食を楽しむうちに、自然と口も滑らかになってくる。

　守秘義務に関わらない程度の、互いの騎士団の訓練事情や最近の競技会結果。男性団員の身なりや清潔さについての愚痴や、宿舎の生活環境についての改善点。女騎士が結婚後に頭を悩ませる、出産の時期や産後の復帰過程と、各国の託児施設や支援体制。

　どれもニナにとっては、競技場で騎士を見るのとちがった意味で有意義な内容だ。感心したり目を丸くしたり、食べるのも忘れて耳をかたむけていると、左隣の赤毛がなにかを見つけた顔でニナの左頰に手をのばす。

　光の加減で薄く浮かびあがるのはガウェインに残された太刀傷。競技会で負ったのかとの問いに曖昧にうなずくと、赤毛は白く走る傷を軽くなでて言った。

「完治しそうな状態だし、なにより目じゃなくて良かったね。でも〈顔の傷〉なんて、あの金髪の盾なら悲鳴をあげて、医療係だ担架だって大騒ぎしたんじゃないの」

「騒ぎ……はいろいろありましたが、リヒトさんは女性にとっての顔の傷、という意味では、それほど気にしていませんでした。ただちょっと、怖い感じの軽口は言っていましたが」

「えと、この傷はとある男性騎士につけられたのですが、消えなかったら上から斬り直したいとか、自分の名前を刻印して隠せないかとか。身体に模様を入れる風習のある南方地域の国に行こうかと……あ、そういえば空室の件でもめた鼻傷の男の人たち、腕に模様がありました。もしかしたらリヒトさんの話して――え？　あ、あのう……？」

ニナは青海色の目をまたたいた。

賑やかな笑い声で満ちていた室内が、奇妙なほどに静まり返っている。

銀髪と焦茶は青ざめた顔を見あわせ、黒髪は寒そうに両腕で自分の肩を抱いた。ベアトリスは華麗な美貌が金の巻き毛で隠れるほどにうつむき、競技場では不規則な事態にも冷静に対処できるはずの赤毛は、ぽかんと口をあけている。

やがて女騎士たちは小声をかわしはじめた。それって軽口じゃなくて、やだあいつそんな面倒、軽薄の方がまし、いかにも遊んでそうなのに、見た目詐欺じゃない――

リヒトのなにが面倒で詐欺なのだろう。ニナが困惑していると、気づいた赤毛が木卓の下で女騎士たちの足を蹴った。誤魔化すように頭を掻き、やがてふっと苦笑する。

「……なんていうか、そんな極端に一途じゃお姫さま扱いも無理なかったね。まあ怖い軽口でも真意に気づかなければ害はないよ。無自覚と鈍感は、ある意味で最強の盾だからさ。

あんたもいろいろ大変だけど、戦闘競技会も〈その手〉も最初から完璧に対応できる奴はいないし、まあ勉強ってことでいいんじゃないかな」

「勉強……ですか」

「そうそう。ああ、〈その手〉の勉強っていえば、親善競技をしたクロッツ国の女騎士に聞いたんだけどね。西方地域杯のときにキントハイト国の男前な団長に、ちょっと〈練習〉に付き合ってもらったんだって。駄目元で声をかけたら、かまわないぞって気安い感じの了解で、夜に城下で合流して二人で宿屋に……」

そこまで話し、赤毛はごほんと咳払いをする。

知っている人物の話題に興味深く反応したニナを、肩を抱いて椅子から立たせた。子供には耳の毒だからね、早く寝ないと身長がのびないよ、と背を押し、え、あの、と戸惑うニナを部屋から出す。

唐突に廊下に追いやられ、背後でしまる扉と鍵。やがて飛んできた、キャーだのうそーだのの騒ぎ声に、ニナは情けない顔をする。最後まで聞きたかったたし仲間外れみたいで寂しいが、たしかにもう団舎なら就寝の鐘が鳴る時間だろう。

それにしてもベアトリスは南方地域に来てから、一時期の不調が嘘に思えるほど活気があり溌剌としている。扉をとおしてもわかる、ほかの宿泊客から苦情がきそうな大声に小さく笑ったニナは、廊下の突きあたりの窓にふと目をやった。

夜空の色はどこで眺めても同じなのか、濃紺の闇には満月と銀砂のごとき星。

壁灯がたよりの廊下からでは、なおまばゆく感じられる月や星に誘われて窓辺へと歩みよる。北に開けた窓から見える夜空に、リーリエ国の王都近郊にいるだろうリヒトを自然と思いだした。

リヒトと長いあいだ離れるのは初めての経験ではなく、まして今回はガルム国でガウェインに拉致されたのと異なり、自分の意思でベアトリスに同行した。思わぬ形でマルモア国騎士団の女騎士やメルと隊を組み、模擬競技に出たり戦術を相談したり、賑やかな昼間はそうでもないが、夜に寝台に入ったときなど面影を恋しく思うときがある。

解決まで二カ月も要する、〈ラントフリート〉の領地で生じた問題とはなんなのか。いま現在も対応に苦慮しているのか。マルモア国との親善競技では過度な干渉に戸惑いさえ感じたのに、いざ一人になると寂しさがつのるなど、我ながらまったく勝手だと思う。

切なさに目を細めたニナの視界の下方を、不意に白い光がよぎった。

星の欠片が煌めき落ちた輝きは、見覚えのある白銀。

——え？　あれって、メルさん……？

月明かりが一瞬だけ照らした小柄な人影は、背格好の雰囲気が港前競技場で別れたきりの少女騎士に似ていた。しかし外套を不吉な翼さながらに舞わせた影は、ニナが目を凝らしたときにはすでに、路地の果てへと消え去っている。

まるで季節外れの北風が、冷たい息吹を吹きかけた刹那の出来事。

ニナは困惑に瞳をゆらした。

狼煙台に近い街外れの宿に滞在中というメルが、就寝の鐘も鳴ろうという時間帯に街の中心部にいるとは思えない。まして厩舎のある〈操舵亭〉の北側の路地は、賭場や娼館などのある治安の悪い界隈につながっていると、街に来た初日に赤毛から教えられた。いくら騎士として腕が立っても一人で近づくには、心許ない場所のはずだ。

――見まちがい……ですよね。

無人の路地をじっと見おろし、ニナはなんとなくざわめいた胸をおさえた。

満ちた月が煌々と照らす大通りから、深淵の闇へと通じるごとき狭い路地。
ひんやりと湿った空気が流れる石畳を歩き、長靴を鳴らして階段をのぼったリヒトは、甲冑に籠もる熱を逃がすように息を吐いた。競技の余韻が汗とともに残る鎧下の感覚に、

首当てをずらして喉元を晒すと、振りあおいだ視線の先に夜空が見える。

リヒトはふと足を止め、建物のあいだからわずかにのぞく星空を眺めた。

「星はどこで見ても同じなんだけどね……」

新緑色の目を細めてぽつりとつぶやく。

西の果てのシレジア国でも麗しの王都ペルレでも、マルモア国の帰路の街道でもこの地で見あげる星も。等しいはずの輝きが心と状況によっては、美しくも切なくも幸せにも感じられるのだ。

疲れた身体で歩む滞在地への帰路。夏の日差しが似合う街でも陽の恵みとは無縁な薄汚れた一角は、けれどリヒトにとっては懐かしい空気を持っている。

腐った麦酒に似た臭いと不潔によどんだ湿気と、廃棄物が散らかった足元を逃げる鼠の影。普通であれば顔をそむけるだろう雑多な荒廃にたしかな郷愁を感じ、リヒトはぼんやりとあの日に見た星を思いだした。

もう十年以上は経った昔の、あのときの星はただ悲しいだけだった。大事にしていたものも守りたかったものも、なにもかもが手からこぼれ落ちて、すべてなくしたちっぽけで無力な自分の上に、星だけが馬鹿みたいに綺麗に輝いてた。

文字通り火の島で最西端の、母とよく海を眺めたシレジア国の岬。季節はたしか冬だったか。海風がびゅうびゅう吹き荒ぶ突端に膝を抱えて座り、長い旅路で乾いた金髪を力なくなぶらせていた。

星の瞬きのもと、どこまでも延々と地平を満たすのは死が手招いているような暗い海。喪失の虚脱感と哀しみで、あの闇に落ちればもういちど、愛しい人たちに会えるかと漠然と考えた。痩せた身体は空腹と寒さにふるえ、帰るところも帰りたい場所もすでにない。この世界の果てでじっとしていれば、やがては優しい静寂に導かれるのだろうかと。

圧倒的な虚無に身動きを放棄して、ぼんやりしているうちに月がかたむいて日がのぼって、ふたたび太陽が沈んで夜がやってきた。消えた仲間を思わせる星々にまた会えたのが嬉しくて、知らぬまに倒れていた自分は寝転がったまま、冷たい海風に吹かれて夜空を見ていた。

いつからか空を駆ける鳥に憧れていた。

酒場の亭主に殴られたときも、人買いから必死で逃げたときも、兄王子に水をかけられバルコニーへ締め出されたときも。惨めな境遇も理不尽も跳ねのけて、悠々と自由な空を羽ばたく鳥。すべてを凌駕する翼が欲しくて、でも小さな自分の手では届かないことはわかっていて。そうして訪れたのは予想通り、強くどこまでも飛べる翼ではなく、慈愛に満ちた残酷な星空だったと思った。

自分は泣いたのか、それともとうにそんな気力もなくしていたのか。このまま目を閉じたら二度と起きることはないのだろう。諦めと、それでもたしかな幸福感に身をゆだね、けれど気がつくと夜が明けて、見覚えのない少年が目の前にいた。

上等な身なりの小太りの少年は泣いていた。もっと早くに、お辛かったでしょう、お可哀想に——苦労など知らぬ柔らかい手で凍えた身体をなでさすり、同行した騎士たちに指示を出す。彼がベアトリスから連絡を受け、国を出奔していた自分を探してくれていたナルダ国の王子だと知ったのは、疲労と低体温から昏睡状態となり、数日後にようやく目覚めてからだった——

「……そういえばオラニフ殿下がやっぱり、ベアトリスに求婚したって聞いたけど——って、もう殿下じゃなくて陛下だっけ」

ふとつぶやいたリヒトは、しかしはあ、と深い溜息をつく。

思いがけない形で、あのときの出奔の原因となった〈ラントフリート〉の領地に関わったせいだろうか。柄にもなく感傷的に過去を想起した自分に顔をしかめ、長毛種の猫に似た金髪を乱暴にかいた。

月の位置からして、団舎であれば就寝の鐘が鳴っている時間帯だ。早く帰って休息をとらないと、明日の昼間も彼らと約束しているし、夜はふたたび甲冑を身につけなければならない。

足早に歩きだすと、戦いの熱と余韻が残る肩口が鈍い痛みを訴え、リヒトは今夜の相手だった騎士のことを考える。

いま思い返してみても奇妙な男だった。結果は勝利だったけれど、肩への一撃は打たれてから気づくほど速かった。大剣を合わせても盾で薙いでも不気味なほど現実感がない、まるで幻影を相手にしている感覚だった。

へー、意外と意外じゃんと、自分のような軽口をたたいた口髭のある男。兜で顔まではわからないが、背格好の雰囲気に覚えがある気もした。

遠い記憶の底に意識を向けたリヒトの耳に、けたたましい長靴の足音が迫ってくる。

剣帯に手をかけて路地の端によると、月明かりの下、街の警吏らしき一群が慌ただしく走っていくのが見えた。

4

「今日は午前中に中競技場で一つと、午後に小競技場で二つ、夜には屋内競技場で一人制がありますね。中競技場の子爵杯はベティさまたちの出場する五人制の競技会です。あ、小競技場のこれは十五歳以下で、メルさんと同年齢くらいの騎士が出場しそうですが、どうしましょうか？」

港前競技場の東門から石畳の道を進んだ先の、居館に似た一階建ての建物の左手側。長机が並べられた受付の横にある木板の前で、ニナはメルとともに見物客に混じり、本日開催の競技会でどれを観戦するかを検討する。立てかけられた木板にはその日におこなわれる競技会の時間と会場、人数制と年齢などの要件が記された案内が貼られている。

競技会や模擬競技を申し込むものが集まる受付の右手側は、騎士が隊を組むための斡旋所となっている。娯楽的要素が強い地方競技会は参加人数にも自由度があり、出場を希望するものは競技会に応じて仲間を探すことが可能だ。長椅子が置かれた一角では、条件の合う騎士の訪れを待つ隊の姿も何組かある。

「…………………」

ニナの問いかけに対し、メルは答えない。

精巧な人形のごとく無機質な横顔を眺め、けれどニナは焦ることなく薄い唇が動くのを待つ。二人で競技会を観戦するようになり三日目。ともすれば気分を害している様子にも思える、不自然なほどに長い沈黙にはだいぶ慣れた。

背の低い彼女たちの背後から、木板を眺めるものが何組か入れかわったころ、メルはようやく観戦を希望する競技会を指さす。

これとこれ、と、小さなわりに筋張った手が示したのは二つ。

「じゃあ午前中は子爵杯を観戦して、午後は小競技場の三人制のですね。あいだは少し時間があきますから、お昼を食べて余裕があったら、模擬競技を見学しましょうか？」

ニナの提案に、メルは耳下までの白銀の髪をゆらしてうなずいた。

二人は壁のように視界をさえぎる大人たちのあいだを抜け、あけ放たれた西側の扉から外に出る。室内競技場へつづく外階段を通り過ぎて、まえに模擬競技をした小競技場とは通路を挟んだ対面の中競技場へと入った。

午前の鐘もまもなくの時間帯。

長さ百四十歩、幅百歩の中競技場を囲む観覧席はそこそこの客の入りだ。五月上旬ながら夏めいた陽気の南方地域らしい軽装の町民や、見学目的の甲冑姿の一団に荷物袋を抱えた商人風の男たち。

戦闘競技会のまえは熱気と高揚感が入り交じった雰囲気が競技場を包むが、その空気のなかで戦った経験のあるものにとっては、緊張とも興奮ともつかぬ感覚を呼び起こさせる。メルと並んで席に座ったニナは、どこかそわそわとしながら競技場を見おろした。

子爵杯の出場騎士隊の何組かはすでに木杭の内側に入り、剣を振るったり円座を組んで相談したり、思い思いに準備をしている。ベアトリスらの隊を探しつつ、そんな騎士たちを興味深く見わたしたニナは、ふと軽く眉をあげた。

隣のメルに顔をよせ、競技場の一角を指さして言う。

「メルさん、あの中央あたりにいる隊が使っている剣は、少し変わった形ですね。剣先に近づくほど幅広で剣丈は短めです。持ち手は大剣に近いですが、両刃ではなく片刃です」

硝子玉を思わせる水色の目が静かに動いた。ややあって、メルは答える。

「……あれは、南方地域の東部で古くから使われている直刀の一種。横に薙ぐのではなく、頭上から振りおろして断ち切る。周囲に干渉しないという意味では、乱戦に適している」

「えと、まえに教えていただいた曲刀も南方地域の武器でした。三日月状の反りがあって、獅子の頭から尾を模した形だという。南方地域の騎士が使う武器は、ほかの地域よりも種類があるのでしょうか？」

「南方地域は火の島でもっとも国の数が多い。武器は社会情勢に応じた必要性で伝播、廃絶するが、国の文化として受け継がれる場合もある。その観点から、戦闘競技会で結果を残せる大剣が重んじられる他地域とは一線を画している。多種多様の武器は大剣を改良する知恵となる場合もあり、装備品の製造に携わるものが試作品を持ちこみ、実戦を通じて機能を調整することもある」

すらすらと、誰かに教えられた内容をなぞるように。

はあ、なるほど、と、ニナは感心した表情でうなずいた。競技場を見おろすメルの横顔を眺め、あらためて感じ入る。

——メルさんは本当に武器にお詳しいです。説明の仕方がゼンメル団長みたいだし、同じ剣でも使用法のちがいとか、装備品の多様性にも慣れています。思い返せば初めて会った屋台のときも、短弓に視線は向けてもおどろいた様子はありませんでした。競技会の勝敗予測や騎士の強さの分析も的確で、わたしには貴重な勉強の機会です。

模擬競技を開始して一週間が経過してなお〈盾〉と〈弓〉として不安定なメルとニナは、ベアトリスたちと相談の結果、しばらくは実戦を控えて競技会を見学することにした。

キントハイト国騎士団副団長ユミルの助言ではないが、ほとんど初対面に近い相手では互いの呼吸も癖（くせ）もわからない。行動をともにすれば馴染（なじ）む部分もあるだろうとの期待で、そのあいだのベアトリスらは当初の予定通り、五人制の競技会に参加する次第になっている。

二人で別行動することになったニナは正直なところ戸惑った。リヒトのように朗（ほが）らかで積極的な相手ならともかく、人形のごとき無機質なメルと受け身の自分では、なにもはじまらずに終わりそうだと危惧（きぐ）した。

しかしながら赤毛との一対一のときに感じたとおり、メルは遅くても言葉を返してくれる。ある対戦の勝利隊をメルが人数差まで正確に言いあててからは、ニナは競技会について質問をするようになり、初めて見る装備品や独特な陣形をとる騎士の出身地域まで、メルは抑揚（よくよう）のない声で淡々と答えてくれた。

そうして慣れてみると緩慢（かんまん）な反応は、結論を出すのに時間がかかるニナには不思議と心地いい感覚だった。戸惑っているうちに相手の強引さに流される心配もなく、落ちついて考えたり行動ができる。あらためて自覚すればニナには同年代の同性の友人がいない。郷里の村の少女たちには雑用係として扱われたし、女性団員仲間であるベアトリスは懇意（こんい）にしてくれるが、身分と年齢を思えば友達とは認識しづらい。

メルは年齢もニナと三歳ちがいで、背丈はほとんど変わらない。自分と同じ目線の〈騎士〉など滅多にいない現実も、自然と親近感を覚える点だった。

——東方地域の騎士団に所属していること以外の素性は知りませんが、戦闘競技会についての見識と大剣の腕前を見るかぎり、きっと由緒正しい名門の……いえ、どこかの国の国家騎士団員かも知れません。もしメルさんとお友達になれて、火の島杯みたいな公式競技会で騎士として対戦できたら、胸が高鳴る気がするのですが。

少女じみた夢想に頰を染め、鎖帷子の裾をもぞもぞいじっていると、相変わらず無表情のメルが競技場を指さした。

ニナが視線をやるとベアトリスや赤毛ら五人の女騎士が、観客席の脇から競技場にあらわれたところだった。

命石を戴いた兜に灰銀色の甲冑と、足の長さに等しい大剣に巨大な凧型盾。体格がよく颯爽とした彼女たちは実に目立つ。頰当てのある兜で顔立ちまでは曖昧でも、とくにベアトリスの金の巻き毛や深緑色の瞳、魅惑的な赤い唇は防具に隠された美貌を想像させるほど華やかだ。遠望鏡を手にした何人かの観客から、すげえ美人、どこの女騎士だ、と感嘆のざわめきがもれる。

ベアトリスが素晴らしいのは容姿だけではないが、リーリエ国の民として、国章になぞらえられる〈金の百合（ゴルト・リーリエ）〉が褒められるのは誇らしい。南方地域特有の強い陽光に甲冑を輝かせた戦女神（いくさめがみ）のごとき立ち姿。青海色（あおうみ）の目を憧憬（しょうけい）に細めるニナの耳に、しかし唐突（とうとつ）に下品な口笛が飛びこんでくる。顔を向けると観客席の最前列に陣取った男たちが、はやし立てる声をあげている。

――また、あの人たちです。

ニナははっきりと眉をひそめた。

〈操舵亭（そうだてい）〉の空室をめぐり揉（も）め事になった集団は、相変わらず競技場で会うたびに低俗（ていぞく）な言葉でからかってくる。最近ではベアトリスらが出場する競技会を調べて観戦したりと、嫌がらせに拍車がかかってきた。ユミルは南の諸島群出身の典型的なごろつきと言っていたが、水蛇や碇（いかり）の模様が描かれた男たちの腕は鍛えられた騎士のそれだ。たとえば夫人杯で対戦した場合、優勝を狙えるだけの実力と粗暴な態度を思うと、不吉な予感に胸がざわめくこともある。

なんとなく不安になったニナは、メルに曲刀を使う騎士と対戦した経験があるかたずねた。首を横にふったメルは、ややあってぽつりと言った。

「……どうしてニナは、わたしにたくさん質問をするの」

思わぬ言葉に、ニナはえっという表情になる。

二人で行動するようになり三日目だが、メルがこの手の発言をしたのは初めてだ。人形を思わせる無機質な顔立ちに不快そうな様子はない。けれど律儀に答えてくれるのをいいことに、自分は少し調子にのっていただろうか。

すみません、わたし、と焦るニナに、メルはふたたび首を横にふる。

「……ちがう。怒っているわけじゃない。ただ、質問するとわたしは殴られたから。だからニナは怒られたことがないのかと、思っただけ」

「な、殴られるって……」

「技術は目で盗めと言われた。質問はなんどもすると殴られる。質問に正確に答えないときも、殴られる」

予想外の返答にニナは目をまたたく。技術を盗むとはなんのことで、なぜ質問すると怒られるのか。メルの発した内容の意味が理解できず、困惑もあらわに問いかけた。

「あの、わたしはたとえば大剣が扱えなくて叱責された経験はありますが、扱い方を質問したこと自体を咎められた記憶はありません。差し支えなければ、その、いったい誰が、どういう状況でメルさんを？」

「怒ったのは〈先生〉。言うとおりにできないと怒られる。わたしの名前が嫌いだから、みんなよりずっと殴られて蹴られる」

「〈先生〉……名前が嫌い……？」

ニナは頬に手をやった。騎士団に所属するメルが〈先生〉と呼ぶからには、それは剣技を教えてくれる先輩騎士を指しているのだろうか。メルの年齢と身体能力を考え、よほど高名な騎士団に所属していると想像していたが、それにしても名前の好悪で身体的な折檻を受けるなんて。

どう反応していいかわからずに視線を迷わせていると、メルがしばらく考えてから言った。

「……ニナは質問をしても怒られない。わたしがニナに質問をしても、怒られない？」

「も、もちろんです。怒ったりなんてしません」

あわてて答えると、メルはそのままつづける。

「ベティの話した、〈守る〉とはなに」

「え？」

「〈盾〉は制止するだけではなく、〈弓〉を〈守る〉ものだと説明された。だけどわたしは、〈守る〉がなにかわからない」

「わからないって……あの、その話が出たのは、模擬競技をしていた先週ですよね。もしかしてメルさんは質問すると怒られると考えて、いままで聞かなかったのですか？」

まさかと思いたずねると、果たしてメルはうなずく。

ニナは内心でおどろいた。〈守る〉という概念が理解できないメルにも、質問するだけで咎められる彼女の境遇も。それにメルは正確に答えなくても怒られる、と言っていた。だとしたら会話の途中で不自然に回答に時間がかかるのも、叱責されないよう答えを吟味しているからだろうか。

やはりメルの所属する騎士団は、十五人の出場騎士を目指す団員が数百名単位でいるキントハイト国騎士団のような、実力主義の厳格な集団なのかもしれない。彼女に指導している〈先生〉もまた、老成している団長ゼンメルとはまったくちがう、些細な失態も許さない容赦のない先輩なのだろう。

なんとなく痛んだ胸をおさえて、ニナは考えながら口を開いた。

「えと、〈守る〉とはつまり、大切な人が傷つかないようにする行動、でしょうか」

「大切な人？」

「人それぞれですが、家族とか恋人とか仲間とか、失いたくない存在のこと、かなと」

あらためて説明を求められると、言葉にするのは難しい。それでも思案して伝えると、メルはじっと黙りこんだ。

組んだ歯車がかみ合わない、心をなくした人形のように淡々と言った。

「ニナの言葉はまったくわからない。わからないことを聞いているのに、もっとわからない言葉で返される」

「え、あ、あのすみません。わたし、説明が下手で」

謝るニナから、メルは顔をそむける。眼下の競技場ではいつのまにか騎士隊が移動し、中央付近には鎖帷子姿の私設審判があらわれていた。

話は終わりだとばかりに無機質な横顔を見せられ、ニナは少し落胆する。騎士団の厳しい慣習からか質問を遠慮していたメルが聞いてくれたのに、満足な答えが返せなかった。

情けなさに肩を落としたとき、観客席にざわめきが走る。なんだろうと競技場を見れば出場騎士隊が並ぶはずの両脇に、左手側しか騎士が整列していない。

近くの見物人が顔をよせてささやきあった。

「不戦敗したの、南方地域の北部からきた国家騎士団の隊だろう。例の、先週末に娼館から宿屋に戻る途中で襲撃されたって」

「命は助かったが、利き腕と足をやられた騎士が出たってな。火の島杯に向けた調整で来たろうに、〈騎士の命〉を失うなんて気の毒だし、本国にとっても手痛い損失だろう」

「春先からこの街で競技会に参加してたから、おおかた、ため込んだ賞金目当ての強盗だろうが。じゃなきゃ夫人杯の優勝候補の騎士隊を、高額賞金を狙う別の隊が襲ったのかもな。ほかの港街でも有力騎士隊を狙った事件があったらしいし、たちの悪い海賊が、狩場を陸地に変えてうろついてるって噂も聞くしな」

　怖い怖い、と首をすくめた姿に、ニナは記憶をたどる。

　優勝候補で南方地域北部の国家騎士団というと、先週の模擬競技で負けた堂々とした印象の騎士隊のことだろうか。不可解な襲撃事件についてはユミルから教えられていたが、まさか対戦した相手が被害に遭うなんて。

　眉をひそめたニナはふと、隣のメルが頭を掻いているのに気づいた。

　出会ってからおよそ十日ほど。頭を掻く癖があるのは知っていたが、それにしても酷い虫に刺されたように激しく引っかいている。空疎な硝子玉の目に、心配になって後頭部をのぞきこむと、白銀の髪と指先が赤く染まっていた。

え、ち、血が出てますよ、とあわて、ニナは外套のポケットから汗拭き布を取りだす。

　メルに断ってから血がにじんでいる後頭部をぬぐった。銀糸に近い白銀の髪をどけると、かき傷やかさぶたで赤くただれた頭皮が見える。南方地域は気候風土もちがうし、虫刺されの痕を掻き壊して、皮膚が感染症を起こしてしまったのだろうか。

　症状が出たのは最近かと確認すると、メルはしかし首を横にふる。

「……ちがう。こっちにくるずっとまえから。役目のまえと、役目のことを考えているときにかゆくなる」

「役目……？」

それはつまり所属する騎士団の責務だろうか。もしも国家騎士団ならば、戦闘競技会制度のもと紛争解決手段たる重責を担って国を守ることだ。誇り高い使命の重さはニナ自身も痛感するもので、精神的に負担を感じても無理からぬとは思うけれど。

南方地域で知り合った相手に素性を問うのは暗黙の慣習にそむくと聞いたが、なんだか妙に気になる。

たずねようか迷っているうちに参加隊が入れかわった。

眼下の競技場で大剣を振るう騎士たちにそそがれた水色の瞳は、競技終了の角笛が鳴るまでニナを映すことはなかった。


ニナとメルはその後も二人で競技会を観戦した。

午前の鐘が鳴るころに港前競技場の東門前で待ち合わせ、受付の案内板で予定を決める。背の高い見物人の後ろを避けて観客席に並んで座り、眼下の競技場を無言で、ときに会話をしながら眺める。昼には屋台の軽食を二人とも背伸びして購入し、小柄なわりに人混みを抜けるのがうまいメルに導かれ、海風の心地いい木陰でいっしょに食べる。

騎士に関する知識が豊富なメルの説明はやはり勉強になった。東方地域の破石王(はせきおう)が話題になり、西方地域の破石王について問われたときは、キントハイト国騎士団長イザークの〈黒い狩人(シュバルツ・イエーガー)〉たる強さを伝えた。天性の身体能力に恵まれた動きは気まぐれで先を読ませず、興味の惹(ひ)かれぬ相手は視界にさえ入れないが、ここぞという獲物には琥珀(こはく)の瞳を輝かせて狩猟本能を開放すること。

ニナの所属する騎士団でもっとも強い騎士をたずねられたときは、一の騎士であり敬愛する兄ロルフのことを語った。

日々の努力で正確な剣筋を極限まで高めた〈隻眼の狼(アイン・ヴォルフ)〉は、類(たぐい)まれな俊敏性と誇り高い心をもった、国の宝と言うべき尊(とうと)い存在だと。騎士についての話題はメルも興味があるのか、先を促す形でうなずいてくれるのが嬉しく、新副団長ヴェルナーや中年組やトフェルにオドまで、守秘義務を意識しながら話せる内容はすべて伝えた。

あいだで参加した模擬競技では相変わらず不安定だったが、それでもニナの方が〈守る〉という概念(がいねん)が理解できないメルの動きに慣れ、以前よりは盾と弓として機能するようになってきた。

一方のベアトリスたちは小さな競技会で順調に経験を積み、いくつかの優勝や入賞の結果も残した。華麗で強い女騎士の隊は観客の目を引き、とくにベアトリスに放たれる歓声は大きく、彼女目当ての見物人があらわれるころには、カルラ・ロッテ夫人杯の優勝候補隊の一つと期待される状況になっていた。

ガルム国での一件より精彩を欠いていたベアトリスだが、南方地域に来てからは重い枷から解放されたように活気を取りもどし、競技場では軽やかな剣さばきで命石を刈り取った。しかしかつての〈赤い猛禽〉然り、美しい花はときに望まざるものを呼びよせるのか、鼻傷の男たちは飽くことなくベアトリスに付きまとった。

北部出身の国家騎士団の隊が襲われた事件については、金目当ての凶行として警吏が調査を開始するも犯人は見つからない。しかし闇夜での襲撃とはいえ有力騎士隊が容易に倒された経緯から、賊は相応の手練れだろうと、港前競技場には注意をうながす案内が貼られた。

タルピカ国の港街ジェレイラでの滞在は、観戦に模擬競技にと慌ただしく日にちをかさね、遠征の目的とした夫人杯まで一週間となった——ある日のこと。

「――え？　今日は用事が？」

いつも通りの港前競技場の東門前。昨日と同じ午前の鐘が鳴ろうという時間帯。

施設内に向かう人々の流れからはずれ、防壁の脇にぽつんと立っていたメルは、ニナの姿を見るなり急用で見学ができない旨を告げてきた。

謝罪するでも残念がるでもない、事実のみを口にした無表情の少女に、ニナは意外な面持ちで目をまたたく。二人で観戦できないのは残念だけれど、用事があるのを伝えるために、わざわざ足を運んでくれた行動におどろいた。

面はゆく思いながら、来てくれたことに礼を言う。メルは感謝される意味がわからないようだったが、遠出でもするのか外套姿で、白銀の髪を掻きながら去っていった。

一人になったニナはふう、と息を吐く。

思わぬ形で単独行動になってしまったが、ベアトリスらはすでに五人制の競技会に申し込んでいる。その時間まではまだ見ていない一人制や、子供限定の競技会でも見学しようかと考えていると、ふわりと爽やかな風が肩までの黒髪をさらった。

視線をやると建物のあいだに輝く海が見える。

港前競技場は名称のとおり、街の南側にある港の近くに位置していて、造船所や倉庫街を抜けると船着き場に出られる。海に関しては街に入るまえの狼煙台で初めて目にし、

〈操舵亭〉に滞在してからはベアトリスの買い物に付き合う形で、船着き場に隣接する南広場から眺めたきりだ。

ふと浮かんだ思いつき。南広場は多種類の品物が扱われる市場として賑わい、食料品や生活雑貨はもちろん、入港した海商が珍しい交易品を販売している一角もある。メルには盾の役だけでなく競技会の勉強をさせてもらうなど、世話になりっぱなしだ。そのささやかなお礼ではないが、後頭部の傷に効く薬を探しがてら、海や船を見学するのはどうだろう。

——観光みたいで少し気が引けますけど、でも海辺の街なんて、そうそう来る機会がないかも知れないですし。

ニナは腰帯にさげた金貨袋と、背中の矢筒と短弓を確認する。夏用鎧下に鎖帷子の軽装で、足取りも軽く歩きだした。

きらきらと反射するのは頭上の太陽。

ずっと見ていると目眩がしそうな眩しさに、ニナは目をまたたく。足元に広がるのは美しく澄んだ青い水——海。

遠目で見て圧倒的な大きさにおどろき、南広場で買い物をしたときは独特の香りと波の音を感じた。船着き場の桟橋（さんばし）に立って間近に接すると、春の陽光に輝く美しさにただ見とれるしかない。

生き物のようにゆらめく海面が、桟橋の柱にぶつかって飛沫（ひまつ）が弾ける。青々とした水は、けれどニナの瞳の青海色（あおうみ）というよりは、光の加減で綺麗な緑を帯びて見えた。屈んでのぞきこむと、底の方には白っぽい砂や岩があり、水草の影では鮮やかな色合いの小魚が泳いでいる。

はーっと感嘆（かんたん）の吐息をもらしたニナは、水面に映る長い棒を目で追った。そのまま視線をあげると、桟橋の先に浮かんでいる大きな船が見える。

海には布で風を受けて進む船があると聞いていたが、あの棒についている巨大な白い布がそうだろうか。水車小屋の脇で見た小舟やシーツくらいの布を想像していたニナは、自身の想像力の貧困さを恥じる。物珍しさから観察すると、細く突きでた船の先端部分には女性の像が彫られている。優しげな微笑（ほほえ）みを浮かべた、あれは西方地域の女神マーテルの――

「こんにちは。お珍しいところで会いますが、今日はお一人ですか？」

ニナは、ひゃ、と身体（からだ）を跳ねさせる。

均衡を崩して桟橋から落ちかけた身体を、のびてきた腕があっさりと捕まえた。小脇に抱えられた体勢でふるえる息を吐き、いまの声はと見あげると、〈海商ユミル〉を名のるキントハイト国騎士団副団長が、おやおやという顔でニナを見おろしている。

「ここで落ちると妖精さんから人魚さんになってしまいます……っていうかあなた、団長の感想ではないですが、本当に食べる部分がないくらい薄いですね。これであんなふうに弓射できるなんて、真剣に構造が気になります。解して調べたら駄目ですかね？」

冗談とも本気ともつかぬ口調で問われ、ニナは小刻みに首をふった。

怯えた反応がおかしかったのか、ユミルは小さく笑うとニナを桟橋におろす。声をかけられるまで接近に気づかなかった。気配の薄さを怖々と実感しながら、ありがとうございます、と支えてくれたことに頭をさげる。

ユミルは軽く周囲を確認してから言った。

「競技会見学は今週までの予定なのに、小さいお仲間は急用ですか。糸車と百合の方々は五人制でしたね。地方競技会でも二週間で八競技に出て六勝なら妥当かと。ただ〈ベテイ〉さま、調子がいいのか成長なのか、現時点で破石数が七個なのは計算外です。わたしの顔を見るたびに、今日はなにかしらって差し入れを期待されるのも、要求される量を考えると想定外ですかね」

「えと、いつも美味しいお菓子や果物をいただいて本当に感謝しています。でも競技会の予定や結果を、なんでそんなに詳しく」

「情報収集は副団長としてのわたしの役目なので。国家連合に逃げてしまった事務型の先の〈司祭〉さんとか、味わい深い感じの実戦型な新しい〈顎髭〉さんとは、ちょっと毛色が？」

「ど、どうしてリーリエ国の副団長が交代したことまで……」

守秘義務の範疇だろう人事まで当然の顔で告げられ、おずおずとたずねたニナに、ユミルは答えずに微笑んだ。

地味な印象の文官風の顔立ちは、怒号をあげて大剣を振りまわす騎士の猛々しさとは無縁だ。けれど線のごとき細い目は、笑みを浮かべながら酷薄そうで、どこか得体の知れなさを感じるときもある。

ニナが落ちつかない様子で鎖帷子の下の足をこすりあわせていると、南広場の方から荷車を引いた男たちがやってきた。船着き場には岸壁から海に向かって幾つかの桟橋が突きだし、大きさや形がさまざまの数十隻の船が、枝に並ぶ木の葉のように係留されている。

人足風の装いの男たちはユミルに挨拶して書類を見せると、女神像を先端につけた船の近くで荷車を止め、階段状の渡し板から木箱を搬入していく。知り合いかとの疑問が顔に出たか、ユミルは船に目をやって口を開いた。

「〈海商ユミル〉と名のったでしょう？　南方地域に来るのに空船なんて無駄ですからね。最近なにかと物入りですし、うちの家具製品と蜂蜜は高値で売れるんですよ。偽名に即した行動をしていた方が、いろいろと目を引かずにすみますしね」

ニナは船とユミルを交互に見た。

「南方地域に来るって……え？　じゃあキントハイト国からこの船でこちらに？」

「キントハイト国は西方地域の辺境です。騎馬で南方地域を目指したら半月はゆうにかかります。船なら天候にもよりますが、往路は潮流の関係で一週間とかかりません。この帆船はうちの木材を材料に、海洋国家であるナルダ国で新造したものです」

こともなげに言い、ユミルはニナが海とは無縁のリーリエ国出身だったと思いあたったのだろう。

手招きして船の近くまで移動すると、簡単な船の動かし方や各部の名前、それぞれの用途などを教えてくれた。ニナが棒と布だと思っていたものは帆柱と帆で、先端の女神像は航海の無事を祈念する船首像。ちなみに宿舎としている〈操舵亭〉の操舵とは、船の方向を動かす舵を操ることで、宿の亭主の前身が船乗りだったのに起因するらしい。

おおよその説明を終えたユミルに、乗ってみますか、と誘われ、ニナはあわてて小さな手を胸の前に立てる。興味はあるが、こんな大きなものが水に浮かんでいるのが不思議だし、波にゆれる船体の軋む音が少し怖い。

　丁寧な対応に礼を言うと、ユミルはいえいえ、と笑う。

「狼さんにはうちの団長が特別にお世話になっていますし、このくらいは」

「狼さんって……あの、兄さまのことですか？　兄さまとイザーク団長が、どうか」

「あれ、聞いていません？　ガルム国の事件での〈貸し〉についてですよ。お腹いっぱい返してもらうって、あの人、そりゃあ楽しみにしてましてね」

　そのときのイザークを思いだしているのか、ユミルはおかしそうに目を弓なりにさせる。

「麗しいご婦人方の誘いなど見向きもせず、書類仕事を片付けて不在中の訓練予定を組んで、王都の防衛の手配から遠征に出す騎士の選定までして、意気揚々と約束の場所に出立しました。山積していた事務処理がすんだのは助かりましたが、お気に入りの〈獲物〉と一対一だなんて、悪い遊びを教えてなきゃいいですけど？」

「悪い遊び……」

　ニナはなんとなく、空の酒樽に頭を突っこんで酔い潰れている兄ロルフや、奇怪な面をつけて夜中に寝台の脇に立っているイザークを想像し、すぐに首を横にふる。厳格を絵に描いた兄ロルフや諸国に冠たる破石王のイザークが、羽目をはずしたり子供じみた騒動を起こすとは思えない。

それにしても兄が団舎を離れた〈極めて不本意な私用〉が、イザークとの勝負だとは思わなかった。春先から普段以上に熱心に訓練していたのはそのせいだったのか。妥協せずに己を磨く真摯な姿勢に、思慕と尊敬の念をいっそう深め、ニナは競技会でなければ見られないだろう希有の一対の攻防に思いをはせる。

荷積みを終えた男たちが頭をさげて去るのを見送り、ユミルは、ああ、そうです、と不意に声をあげた。広々とした桟橋に人影がないのを確認してから、ニナに向きなおる。

「お一人ならちょうどいい。少し確認したいことがあったんです。南方地域にきてから、身のまわりに不審な出来事はないですか?」

「え? ふ、不審な出来事って」

「視線を感じる、外出時に背後から気配、所持品の消失もしくは増加、覚えのない配達物、不自然な他者の接触、それと……」

矢継ぎ早にたたみかけられ、ニナは戸惑いつつ記憶をたどる。

南方地域に滞在して三週間ほどたったが、慣れぬ旅先に模擬競技だ競技会の見学だと忙しく、周囲に気をまわす余裕はなかった。しかし思い返してみても、知り合ったのはメルだけだし、警戒すべき不可解な出来事はとくになかったと思う。

正直にそう答えると、ユミルは顎に手をやって考えこむ。

ややあって、ガルム国での一件の追加報告ですが、と断ってから切りだした。

「千谷山の麓であなたとガウェイン王子が立ちよった猟師小屋。なかったんですよ」

「なかった……って」

「正確には焼失していました。土台だけ残して綺麗さっぱり。ガウェインを古城から脱出させた〈連中〉につながる、補給物資に地図片に足跡も、ぜんぶまとめて消し炭です」

「焼失って、で、でもあの猟師小屋は山道から離れていて、ほとんど使われた形跡がありませんでした。猟期でもないし、付近の農民が使用して火災になることなんて――」

そこまで言いかけ、ニナは、あ、という顔をする。眉をよせて口元をおおった姿に、理解が及んだと察したか。ユミルはうなずいて告げた。

「そのとおりです。つまり〈連中〉は千谷山の周囲にいた。おそらくは誘いだしたガウェインの動向を確認するためでしょうが、一部始終を見ていて、証拠となる猟師小屋を処分した。そして確実に、〈赤い猛禽〉と同行していた〈少年騎士〉の存在も知っている」

「だ、だからさっき、不審な出来事はないかって」

「わたしならガウェインの口から自分たちの情報が、〈少年騎士〉に流出したか心配なので。〈抹殺〉でも〈調査〉でも、国の保護から離れた南方地域なら手も出しやすいですし、奴らの目的は不明ながら、実際に有力騎士が襲撃される不可解な事件も起こっています。ですので注意した方がいいですよ。わたしが人畜無害の文官風青年を演じているように、不心得者はそれと見せぬ外見で近づいてきますので」

軽口めいた忠告を受け、ニナはごくりと唾をのむ。

あの猟師小屋で〈連中〉がガウェインの詳細を把握していると知ったときと同じ感覚に、なんとなくあたりを見まわした。白い海鳥が飛んでいるだけだと確認したところで、あることに気づき、遠慮がちに問いかける。

「あの、奴らの目的は不明ながら……ってことは、ユミルさんはもしかして、南方地域で起こっている襲撃事件に〈連中〉が関与していると考えて、その情報収集のためにこちらへ来ているのですか？」

ユミルは線に似た細い目をわずかに見ひらいた。あらら、口が滑りましたね、という表情で首をかしげる。

「なるほど。子兎さんはたしかに、小心だからこそ知恵がまわる。リーリエ国風に表現するなら〈守秘義務〉ですが、あなたも関係者ですし少しだけ。南方地域では以前より、国家連合の制裁で散逸した硬化銀製武器が、秘密裏に出回っているのをご存じですか？」

「い、いいえ、初耳です」

「野盗団が収奪のための武器として、あるいは豪商や好事家が収集品として。理由はさまざまなんですけど、ここ二、三年、流通量がやたらと増えているらしいんです。国家連合に露見したら処罰必至の裏取引なので、正確な数字までは不明ながら、散逸品と考えるには帳尻が合わない。そこでもしやその流通量のなかに、〈連中〉が密造した硬化銀製武器が混入しているのでは、と」

にぎった手で胸をおさえたニナに、ユミルは薄い微笑みを浮かべる。

「硬化銀と鋼の識別同様、おたくの老団長でもないかぎり、散逸品か密造品かなんて判断できません。そしていまの仮定に、同時期から確認されている有力騎士の襲撃事件を引っかけると、なんとなくきな臭い感じがしませんか？」

「えと、つまり〈連中〉は密造した硬化銀製武器を南方地域で売ったり、それを使って南方地域に集まる有力騎士を、襲っている可能性がある、ということですか？」

「いいですね。副団長補佐としてほしいくらいお利口さんです。だいたいそんな次第で、百合や糸車の方にもご協力を願おうかと検討したんですけど——……〈お人形さん〉との不自然な邂逅が、かなり引っかかるので」

ぼそりとつけ加えられた後半部分は、波の音にかき消されて聞こえない。

一方のニナは思わぬ形で耳にした連中の動静に表情を曇らせる。

――あの連中が南方地域に。

古城に幽閉されていたガウェインを、禁じられた硬化銀製武器を与えて脱出させた正体不明の一味。〈赤い猛禽〉としての強さに目をつけ、殺戮の武器としての彼を利用しようとした。

必要とされる己を望んだガウェインの心を、知っていたかどうかはわからない。千谷山の周囲に潜んでいた彼らは、ガウェインが城塞の物見台から転落する光景も見ていたのだろうか。〈赤い猛禽〉として去った悲しい最期に、この武器は壊れたと見切りをつけ、猟師小屋を燃やして証拠を消した。そうしてふたたび別の地で、何事もなかったかのように、自身の目的のために暗躍しているのか。

人として会話をした最初で最後の機会だったかもしれない。千谷山の洞窟でのガウェインとのやりとりを思いだし、無意識に左頬の傷を触っていたニナの姿に、ユミルはおやという顔をする。

意外なものを目にしたとでも言いたげな、まじまじとした様子でニナを眺めると、やがて感心の吐息を吐いた。

「……なるほど、子兎さんが助かったのは、そういうわけですか」

「え?」

「あの〈赤い猛禽〉の懐（ふところ）から生還するには運だけでは無理だろうと、うちの団長も興味を持っていたんですが、あなたの姿を見て理解しました。でも部外者はともかく、心の狭い金髪さんにはちょっと酷（こく）ですかね。騎士としては許せても恋人としては、簡単に譲（ゆず）れるものではないでしょうし」

ニナは訝（いぶか）しげな表情をする。あのう、と視線を向けたが、切れ者と評判のキントハイト国騎士団副団長は、ただ薄く微笑んでいるだけだった。

桟橋（さんばし）でユミルと別れたニナは、当初の予定通り船着き場に隣接する南広場へ移動した。屋台や荷車に戸板に絨毯（じゅうたん）。あらゆる形態で商品を陳列している店舗（てんぽ）のなかから、視界をさえぎる通行人や客に混じり、砂時計一反転ほどの時間をかけて医薬品のお店を探しだす。メルの症状を話して、消炎作用のあるカモミールと殺菌効果のあるタイムをふくんだ塗り薬を買った。

人混みで苦労することの多い傾向にしては珍しく、目的のものを入手できたニナだが、小さな薬壺（くすりつぼ）を握りしめて歩く表情は冴えない。

――心の狭い金髪さんにはちょっと酷ですかね。騎士としては許せても恋人としては、簡単に譲れるものではないでしょうし。

脳裏に残っているのは桟橋でユミルから言われた言葉。あれはどういうことだったのだろうか。あるいは軍衣を所持していた理由を知りたがったリヒトの気持ちと、なにか関係があるのだろうか。

いまだ割り切れぬ思いが残る、硬化銀製武器の一件の首謀者たる〈連中〉が暗躍しているという情報も、不吉な予感に胸をざわめかせる。得体の知れないなにかが確実に深い根を這わせているかのように。南の大地特有の眩しい陽光のもと、開放感と賑わいで心を弾ませてくれた雑多な街並みが、急につくりものめいて見え、わけもなく不安になる。

いつのまにか足を止めていたニナは、通行人にぶつかられてよろめいた。落としかけた薬壺をあわてておさえ、これでは駄目だときつく唇を結ぶ。

リヒトの問題は一人で考えていても仕方がない。赤毛にも真摯な助言をもらったし、無事に遠征を終えてリーリエ国に帰国して、領地の件が落ちついてからのことだ。〈連中〉の動向についてはキントハイト国が動いているなら、団長ゼンメルも関わっているかも知れない。今回の滞在で見聞したこととふくめ、団舎に戻ったら報告して相談しよう。

――まずは目先のカルラ・ロッテ夫人杯です。自分になにができるか試したいと仰った王女殿下のためにも、少しでもいい結果を残したいです。メルさんとも不安定ながら慣れてきたし、一矢でも、〈盾〉に応える矢が放てれば。

そんなことを考えながら薬壺を金貨袋にしまったニナの耳に、ふと通行人の声が飛びこんでくる。珍しいな、シレジア国の、クレプフェン——

「……クレプフェン？」

聞き覚えのある名称に視線をやると、町民風の男たちが少し先の屋台を指さしている。クレプフェンというと、リヒトがニナを勧誘する際に国家騎士団を誤魔化(ごまか)すために使用した、クレプフェン騎士団の〈クレプフェン〉。彼の生国であるシレジア国の郷土菓子のことだろうか。

屋台に近づいてみると、白い粉がまぶされた球形の揚げ菓子が木盆に並べられている。リヒトからはたしか、ジャム入りドーナツに粉砂糖をかけたお菓子だと説明された。店番らしい少年にクレプフェンかどうかをたずねると、朗(ほが)らかな笑顔が返ってくる。

「なに、この菓子を知ってるなら、お客さんもシレジア国の人？」

「いえ、そうではないのですが。こい……職場の仲間に、いると言いますか」

ニナは曖昧(あいまい)に誤魔化す。少年は、へえ、と人懐こそうな目を輝かせた。

「嬉しいね。おれも家族で移住してきた口だけど、同国人にはなかなか会わないから。でも最近は高額賞金の競技会が開催されるとかで、人出も多いしちらほら見かけるんだけどね。あの金髪のにーちゃんも、昔シレジア国に住んでたって言ってたし」

「金髪のにーちゃん？」

「この屋台の上得意の騎士。王子さまみたいな小綺麗な顔してるくせに、すげー食べるの。気さくないい人で、うち病人いるんだけど、店番や買い物を手伝ってくれて。ちょうどいまも……あ、噂をすれば」

少年の声につられてニナは振りむく。

青海色の目と愛らしい唇が、ぽかんと開かれた。

雑踏のなかから歩いてくるのは、長毛種の猫に似た金髪に新緑色の目。貴族的にととのった顔立ちに甘い微笑みを浮かべ、両手には大きな紙袋を持ち――そして傍らに若い女性を伴った、己の恋人騎士リヒトの姿。

ニナはゆっくりと目をまたたく。

――え……と、これ……って。

落ちついた印象の綺麗な女性と、視線をあわせ睦まじげに話す金髪の青年。目の前の光景は視界に入っているのに、頭がそれを理解できない。

だってここは南方地域の港街ジェレイラで、リヒトは西方地域の領地にいるはずで、ニカ月は戻れないと手紙をくれて。とても親しげな隣の女性は誰だろうか。まるで恋人みたいに距離が近い。やはりこれはよく似た他人、自分の目がどうかして――ぐるぐる考えていると、屋台に近づいてきた金髪の青年の身体が不意にゆれる。

先ほどのニナよりもさらに大きく見ひらかれた新緑色の目。息をのむ気配がし、やがてその唇から、ニナ、と掠れた声がもれた。

耳に届いたのはまちがいなく、大好きな恋人の声で――

「リヒトさん、お知り合いですか？」

傍らの女性は紙袋を抱えた腕に指先をかけ、身をよせて顔をのぞきこむ。硬直しているリヒトに首をかしげると、問うような目をニナに向けてきた。いったいこの子供は誰かしらと、訝しげな表情で不思議そうに。

「！」

ニナはいきおいよく身をひるがえす。

お客さん、という少年の声につづいて、自分を制止するリヒトの声が聞こえた気がしたが、かまわずに走りだした。

空をさえぎる人混みのなかを、息を切らせて必死に駆ける。なぜ逃げるのかわからないまま、南広場から大通りに出て坂をのぼり、目についた路地に飛びこんだ。いくつかの角を曲がり、呼吸が限界になったところで足を止める。

ぜえぜえと荒い息を吐き、胸をおさえて背後の建物に背中をついた。衝撃に痺れた頭には力のかぎり走ってもなお、先ほど見た光景がくっきりと残っている。

——なにが、なん、だか。

自分を見て名前を呼んだ。見まちがいでも他人でもない。あれはたしかにリヒトだ。リーリエ国騎士団の騎士であり、盾である恋人だ。だけど意味がわからない。この街にいることも、知らない女性と買い物をしていることも。

呆然としていたニナは、ふと気配を感じて顔を向けた。リヒトが追ってきたかと思ったがちがう。細い路地の先では薄汚れた風体の子供たちが数人、警戒の目でこちらを眺めている。

——ここって。

ニナははっと周囲を見まわした。どことなく酒精が臭う空気と冷たい石畳。道の端には酒樽や木箱が乱雑に置かれ、上階ほどせり出した建物と窓からさげられた洗濯物が、南の太陽を陰鬱にさえぎっている。

喧噪に賑わう大通りとは別世界の荒んだ雰囲気。無我夢中で走るうちに、おそらくは赤毛から注意された治安の悪い裏路地に入りこんでしまったらしい。

ニナは斜めにかけた矢筒の紐をぎゅっとにぎる。ともかくここから離れなければと、子供たちに軽く会釈して歩きだした。酔客や派手な身なりの女性を避けて大通りへの道を探していると、角を曲がったところで人だかりが目に入る。

騒然とした空気になにごとかと視線をやれば、袋小路にある賭場の看板の前で騎士風の男たちが揉めている。おれじゃない、ほかに誰が、競技会、負けたから、ちがう、仕返し——胸ぐらをつかみ怒鳴りあう男たちの一方は、よく見れば競技場でも目にしたことのある集団だった。

夫人杯の優勝候補だとユミルが話していた隣国ラトマール国の騎士隊。仲間が斬られたと主張する彼らの足元には、鎖帷子姿の騎士が血を流して倒れている。そしてその後方には、怯える人々に混じって立っているメルの姿があった。

「——え？」

呆気にとられたのは一瞬。ニナはあわてて状況を確認する。店舗の看板が並んだ細い路地に、道幅いっぱいに広がって騒いでいる男たち。メルがなぜそこにいるのかはわからないが、道をふさぐ形で喧嘩がはじまって、退避したくともできないのだろうか。

こんな狭いところで剣戟を交わされたら、下手をすればまきぞえをくって大怪我だ。どうしようと考えているうちに、荒々しい怒声は剣呑さを増してくる。仲間の血に理性が飛んだか、一人が大剣を抜き払い、猛々（たけだけ）しい金属音につられる形で男たちが次々に抜刀（ばっとう）した。

周囲から悲鳴と制止の声があがる。反射的に背中の短弓（たんきゅう）を左手でにぎり、右手を矢羽根にのばしたニナの目が、建物の上階でゆれるものにそそがれた。

――そうです、あれを。

狭い路地に橋のごとく渡された洗濯物の綱（つな）に狙いをさだめる。

弓弦（ゆんづる）が弾ける音が一つ、つづけてもう二つ。

布がばさりとはためき、大きなシーツや外套（がいとう）にシャツが、いまにも剣を交えそうな男たちの頭上に落ちた。突然の急襲にあわてる集団の脇をすり抜け、ニナはメルの腕をつかむと、この隙（すき）にと逃げだした人々にまじり路地から退避する。

しばらく走ったところで足を止め、怪我の有無を確認すると、メルは首を横にふった。安堵（あんど）したニナに、硝子玉（ガラスだま）を思わせる水色の目を細めると、低い声で問いかける。

「……なんで連れ出したの」

「え?」

「まだ途中だった。ニナはなんで、わたしを連れ出したの」

「なんでって……その、男の人たちはいまにも戦闘をはじめそうで、細い路地で人も密集していたし、メルさんが巻きこまれて傷ついたら大変だと思って……」

途中とはなんのことかと考えながら答えたニナは、メルの指先に血がにじんでいるのに気づいた。既視感から後頭部をのぞきこむと、やはり中央部分が真っ赤に掻き壊されている。

ニナは腰帯にさげた金貨袋から薬壺を取りだした。ちょうどよかったと言うのも変だけれど。

「あの、差しでがましいとは思ったのですが、薬を買ってきたんです。競技場でいろいろ教えてもらったお礼というか、メルさん、以前から症状があると仰っていたので。医薬品を扱うお店で状態を伝えて処方していただきました。南広場は二回目なのですが、お昼時だったせいか買い物のお客さんで混んで――」

そこまで話したニナの頭によぎる光景。

紙袋を抱えたリヒトと傍らに寄りそっていた若い女性。新緑色の目を細めて優しい微笑みを浮かべ、その腕に自然な仕草で手を触れた女性は、リヒトさん、と当たり前のように名前を――

「混んでいて……混んでいて、それで……」

ニナはぐ、と唇を結んだ。

メルを見てから一時的に吹き飛んでいた衝撃が、あらためて胸の奥に広がっていく。おどろいて信じられなくて、でも現実でわけがわからなくて。許容量をこえた事態に心がいっぱいになり、みるみる潤んできた青海色の瞳を、メルはじっと見つめた。

人形のごとき精巧な顔立ちにはなんの感情の動きもなく、硝子玉の目にはただ、涙をこぼしそうなニナが映っている。起こった事実を如実に実感させる己の姿に、最後のなにかが崩れ、ニナはとうとう顔をゆがめて泣きだした。

「――……っ」

頬をつたった涙粒が冷たい石畳に落ちる。

小さな手で薬壺をにぎりしめ、嗚咽をこらえて泣くニナに、メルの表情はやはりゆらがない。

慰めるでもなく、かといって立ち去るでもなく。無機質な水色の目をニナに向けたメルの、だらりとさげられた腕の先が微かに――それとわからないほど動いて、止まった。

誰かが通報したのか、そんな二人のそばを長靴を鳴らした町役人が駆けていく。

風が舞い起こり、ひるがえったメルの外套の下にある血のついた大剣を、ほんの一瞬だけ垣間見せた。

その酒場にユミルが入ったのは、さほど意味があってのことではない。

　キントハイト国騎士団の副団長たる彼の役割は多岐にわたり、騎士として競技場で大剣を振るうのはもちろん、血筋をよすがに嫌みや悪態をつく貴族諸侯の足元に醜聞の穴を掘ることや、多くの〈花〉に愛される団長イザークの夜の居場所を特定すること。なかでも情報収集は、切れ者と評判の彼の能力が存分に発揮される分野であり、各地に放った間諜の報告から動静を読み解く分析力はもちろん、鼻がきく、という動物的な資質もそなえる。

　したがって情報を収集する場として一般的な、大通りから路地で一本の酒場を選んだのは偶然だが、カウンターで頬づえをついている金髪の青年の姿を認め、自身の鼻が優秀であることを再確認した。

　甘く端整な容貌を酒精に染めた青年は、いかにもなにかありましたという風情で——というより同じ街にいながら弓の少女と別行動という点で、ほぼ確実になにかありました、のだが。

　観客席で耳にした揉め事の存在を頭のなかで想起する。したたかな期待を平凡な顔立ちに隠し、ユミルは、こんばんは、と声をかけた。

「お珍しいところでお珍しい方に。流石は南方地域ですかね。なにやら落ちこんでらっしゃる様子ですが、子兎さんに振られちゃいました？　逃げられた？　嫌われた？　あ、ここ失礼しますね」

唐突に話しかけて隣の丸椅子に座ってきた商人風の男に、リヒトは最初、ぎょっとした表情で手のひらから顎を浮かせた。

夜の鐘が街を染めてまもなくの時間帯。すでにかなり飲んでいるのか、酒に赤らんだ新緑色の目を見はると、漆黒の軍衣ではなく丈長の上着に、兜ではなく巻き布を帽子風にかぶった異国の副団長をまじまじと眺める。けれど各国の騎士が集う地での稀にある偶然かと思ったか、それとも気にかける余裕もないのか。面倒そうな溜息をつくと、飲みかけの酒杯をあおった。

さらわれた恋人を探していたころの憔悴ほどではないが、高貴な血筋を感じさせる横顔は引き締まり、競技を終えた直後のような猛々しい匂いがする。

ユミルは手をあげて店主を呼ぶと、酒と肴を適当に頼んだ。南方地域産の白い葡萄酒をそそいだ木杯を手に、慇懃な微笑みを浮かべて告げる。

「北でも南でもご縁があったということで、せっかくの機会ですし、親睦を深めません……って、なにきょろきょろしてるんです？」

「あんたがいるなら、おたくの団長もいっしょかと思って。いるならあのむかつく美声を聞くまえに、店を出ようかと」

「あらら。もしかして恨まれてます？　ひょっとして黒毛皮の襟巻を子兎さんにつけてた件ですかね。まあイザーク団長が彼女を気に入ってるのは事実ですけど、あくまで騎士としてですから、色恋めいたご心配には及ばないかと。お持ち帰りしたいとか、〈食う〉のもやぶさかではないとかは、言ってましたが？」

平然と告げたユミルに、リヒトは不穏に目を細める。

「なにそれ。ぜんぜんご心配の範囲っていうか、要注意と警戒警報通りこして、暗殺計画の段階なんだけど？」

「部下としては残念ですが、納得の計画立案ですね。あの人ほんと、無節操が軍衣を着て歩いてるっていうか、〈花〉に関しては面倒しか起こさないですから。女性関係で団長に恨みを持っている男、競技会が開催できるほどいますからね。無駄に敵をつくって本人はどこ吹く風ですし、わたしも実は〈さる高貴な御方〉から、あの人のお目付け役を仰せつかった間諜なんですけどね」

リヒトは軽く眉をよせた。真意を探る視線を受け、ユミルは、冗談ですよ、と目を弓なりにさせる。

海商の衣を着れば如才(じょさい)ない海商に、漆黒の軍衣をまとえば怜悧(れいり)な副団長に。印象の薄い顔立ちが幸いしてか、実態をつかませづらい北の国の副団長を、リヒトは静かな表情で眺める。

木杯をかたむけ、ユミルは首をかしげた。

「嫌ですね。じろじろ見てても子兎さんはあげませんよ?」

「いつからニナはあんたの所有物になったんだよ。ていうか勝手に所有権を主張する奴ばっかりなんだけど。……まあいいや。副団長にもいろいろな型があるなって思っただけ。言っておくけど悪い意味でね」

「あなたもほんと、悪い意味で顔を使い分ける方ですね。馬鹿正直な子兎さんにはいかにも荷が重い。重いといえば、先の司祭な副団長さん。移動されたのはやっぱり、先を見越して〈重い〉と判断されたからですかね?」

「さらっと流してるけど、あんたそれってどっから」

「出所はリーリエ国風に言う守秘義務です。今回の人事について、うちの団長と話題になったんですよ。腹心の部下を国家連合に送ることで、起こるかもしれない〈なにか〉、を制止しようとしているのか。それとも起こるかもしれない〈なにか〉、を諦めて、命石は奪えても命は奪えないだろう司祭を、いまのうちに遠ざけただけなのか。果たして慧眼なゼンメル団長は、どちらの思惑でいらっしゃるのかな、と」

リヒトはわずかに顔を強ばらせる。

平然と口にされた二択は、ちがうようで暗示している内容は同じだ。どちらも現在の社会制度に反旗をひるがえす存在を、はっきりと前提にしている。誕生と豊穣の女神マーテルに仕える司祭には酷な機会。戦闘競技会により命が命石に置きかえられている平和は、瓦解する可能性があると示している。

切れ者と評判の異国の副団長の推測は、団長ゼンメルから人事について聞かされたとき、おそらくはリーリエ国騎士団員のほとんどが考えたことだ。起こるかもしれないなにか――遠くない将来、〈見える神〉たる国家連合が支配する火の島が、災いを招くとされた名にふさわしい戦火に包まれる日が、来るのかも知れないと。

なにも答えないリヒトの姿に、ユミルは自分の言葉が意図した形で伝わっていることを感じた。謎かけに近いやりとりでも真意が届いたこと自体が、団長ゼンメルが火の島の行く末について、不吉な予感を持っていることを確信させる。深い知見で一歩も二歩も先を見通す、幾多の制裁的軍事行動を経験してきた老団長は確実に、その〈なにか〉の到来を前提に手を打っている。

だとするならば――

「……騎士団より子兎さんに夢中なあなたが追いだされないのは、案外とそれが理由なんですかね」

「質問しておいて勝手に納得とか、あんたもいい性格だね。で、それってなに？」

「命石と命はちがいますから。命石を奪える騎士が、敵兵の命を断てるとはかぎりません。その意味で〈なにか〉が起こった場合に役立つのは、一の騎士たる〈隻眼の狼〉より、ちがいを知っているあなただろうなあと」

リヒトはふっと表情を変えた。

だったらなに、と低い声で問われ、わかりやすい反応に、ユミルはにっこりと笑った。

「とくになんでも？　誰もが王城の金の褥で育まれるわけではないですからね。生きるためには泥を浴びる夜もありますし、わたしやうちの団長も、〈ちがい〉を経験した側の存在ですから」

軽く告げられ、リヒトはややあって小さな息を吐く。

額にかかる金の髪をかきあげると、酒杯に手をのばして言った。

「もうじゅうぶん〈親睦を深めた〉でしょ。どっか行って。おれ悪いけどいま、自分のことで手一杯で、小難しい話に付き合う余裕ないから。競技会でくたくたなのに今度は頭まで使うとか、真剣に拷問だし」

「競技場のあとって……ああ、そんな雰囲気がしたんですけど、やはりそうでしたか。でもこの時間ってことは、室内競技場の一人制ですよね。もしかして昼間お見かけしないのは、ずっとそちらに？　個人技術の向上を否定はしませんが、火の島杯のための調整なら隊を組んだ方が有益じゃないですか？」

「昼間は別件があるの。それにこの街の夜の一人制、競技会の名を借りた見世物っていうか。負傷が前提どころか公然なぶん、攻撃が苦手なおれでも命石を取りやすいし、なにより賞金がいいから」

賞金、とくり返し、ユミルはまじまじとリヒトを見やる。

リーリエ国王の庶子との素性は知っていたし、〈騎士〉を厚遇するキントハイト国ほどでないにしても、仮にも国家騎士団の団員だ。国によって差こそあれ、庶民の月収の二倍は得ているだろう彼が、お金を稼ぐために一人で競技会に出ている。

――その理由はともかくとして。

ユミルは自分の鼻がきくと自負している。柱の陰に陰謀の芽を見つける嗅覚にしたがえば、この盾との出会いは思いがけない引きだろう。

今日もまた、夫人杯の優勝候補隊とされている有力騎士が襲われる事件が起きた。近隣の街に放った部下からは、高報酬で腕の立つ無頼者を集めているらしい存在の動静も耳にしている。

出来過ぎた邂逅で弓の懐にするりと入った、外見にそぐわぬ剣技を持った〈小さな人形〉。彼女に命石と命のちがいを知るものの匂いを感じる以上、糸車と百合に協力は頼めない。状況によっては海商の服を脱ぐ算段も立てていたが、確実に成果をあげるには、使える手駒が多いにこしたことはない。ましてこの庶子である盾は、シレジア国生まれの海育ちだ。

リヒトの酒杯が空になったのを見たユミルは、店主を呼んで大き目の酒壺を持ってこさせる。

ちょっとおれこんなに、という顔をするリヒトに、得体の知れないなにかが取引を持ちかける表情で、おもむろに切りだした。

「ここはわたしが奢ります。相場が良くて本国からの交易品が高値で売れたんです。甘い物がお好きなら極上の蜂蜜で浸けた果物も差し入れますし、この街での子兎さんの日常も完璧な報告書で提出します。……そこで相談なんですがお金が必要でしたら一つ、頼まれてみません？」

5

「――国籍のない異国人が出店許可を得るのは、どこの国でも簡単じゃないですからね。でも泣かせる話じゃないですか。シレジア国から来て父親を海で失い、屋台で生計をたてようと必死に生きる姉弟に、出店許可代を援助するために競技会でお金を稼いでる。仲間を集めて隊を組み、今日も彼らのために優勝を目指してる、だなんて」

よどみない口調でつづけ、ユミルはわざとらしい感嘆の息を吐く。

「わたしが調べたところ、金髪さんは昼間もそのクレプフェンの屋台を手伝ってるみたいですし、看板娘さんにかなりご執心っていうか、南広場でも夫婦同然だってもっぱらの噂に。それにしてもあれだけ一途な恋情を見せてたのに、軽薄な外見は裏切らないんですかね。子兎さんからころっと掌を返して、看板娘さんに乗りかえるだなんて」

声にはっきりと非難をこめ、眉をよせて首をふる。

競技の順番を待つ騎士隊に開放された小競技場。荷物置き場とした観客席に座り、矢筒を持ったまま硬直するニナに、にっこりと笑いかけた。

「でもあんな面倒で重い男と縁が切れて、考えようによっては幸運かも知れませんよ。あ、よかったらうちの団員を紹介しましょうか。なにしろ男所帯で出会いがなくて、むさくるしい独身騎士が二百人ほど余ってるんですよ。他国出身でも結婚して籍に入れば公式競技会に出場できますし、ついでにキントハイト国騎士団に――痛っ」

さりげなく、けれど確実に。背後からユミルの上着を引っ張っていた赤毛の女騎士は、いくら行動で訴えても察しない異国の副団長に焦れ、その背中を拳で殴（なぐ）った。

己よりわずかに背が高い男に、逞（たくま）しい肩をぶつけて顔をよせる。ニナになるべく聞こえないように、声をひそめて告げた。

「……あのね、物事には時と場所ってものがあるだろう。金髪と遭遇（そうぐう）した日から動揺（どうよう）して混乱して、競技場じゃ案山子（かかし）だし宿屋じゃ置物だし、あんただって見てるだろうに。なのにどうしていまここで、崖（がけ）から突き落とすような報告をするんだよ。今日がなんの日で、現在がどういう状況か、わかって言ってるのかい！」

「もちろんです。今日はカルラ・ロッテ夫人杯当日で、現在は開会式も終わって第一競技直前だって。子兎さん、ずいぶんと金髪さんの動向に悩まれてたから、競技前に憂（うれ）いをなくしてもらおうと調査報告を。わたし、命石（めいせき）はちゃんと割るまで手を抜かない主義なんですよ」

「ああん？　なにが命石って」

「組み合わせ表によると金髪さんの隊とあたるのは決勝です。恋人同士が対戦なんて心が痛みますし、いろいろと心配ですから。あ、これ差し入れです。同地域のお仲間として、糸車と百合の方々のご健闘をお祈りしてますね」

　ユミルはいきりたつ赤毛に大きめの籠を押しつけると、用はすんだとばかり、立礼ではなく会釈を残して立ち去る。

　取っ手つきの籠のなかには、甘辛い豚肉のサンドイッチに岩塩の粒の瓶と、飴色に輝く蜂蜜に浸けられた柑橘類。季節は初夏に入った五月の下旬。優勝までには複数回の対戦がある一日がかりの競技会に、塩味の強い軽食や果物はありがたいが、よりによって恋人騎士の浮気疑惑がおまけなど、嫌がらせとしか思えない。

　額に乱れかかった髪を乱暴にかきあげ、赤毛はニナを見おろした。

　ほぼまちがいなく衝撃を受けているだろう。競技にそなえて矢筒の中身を確認していたニナは、ユミルがリヒトの話をはじめてから、呆然と顔を強ばらせて動かない。

　近くでは黒髪に焦茶に銀髪、三人の女騎士が、首を横にふったり頭を抱えたり溜息をついたり。ベアトリスは差し入れに目もくれず考えこみ、メルはやはり忘れ去られた人形のごとく、無表情で観客席に座っている。

流れているのは、これから競技会に挑むとは思えない重苦しく沈んだ空気。赤毛は忌々しげに舌打ちすると、あーと言葉を探しながら口を開いた。

「なんて言うか……もうなんて言ったらいいかな。あの細目、対戦前の相手騎士団への揺さぶりなら、腸が煮えくり返るくらい最高に効果的だろうって。ともかくは二ナ、矢筒が逆さになってて中身が落ちてる」

虚脱していた二ナは大きく身体をゆらした。

その拍子にかろうじて矢筒に引っかかっていた残りの矢が、ばらばらと足元に散らばる。す、すみません、とふるえる声で謝り、黒髪に手伝ってもらい落ちた矢を拾い集めていると、遠くで歓声が聞こえた。

本日開催のカルラ・ロッテ夫人杯は七人制。金貨五千枚という高額賞金を目当てに、およそ四十の騎士隊が参加を申し込んだ。制限時間は砂時計二反転の休憩なしで、五回勝ち抜けば優勝となる。参加人数が多いぶん集まった騎士隊の実力は開きがあり、運営側が前評判通りに有力騎士隊を振りわけた午前中は予選扱いで、施設内の二つの中競技場でおこなわれている。

「――勝ったみたいだね」

赤毛の声に一同が視線をやると、リヒトら青年騎士隊が小競技場に入ってきたところだった。

命石が残った兜（かぶと）に甲冑（かっちゅう）、爪型盾（たこがた）と大剣。特出すべき装い（よそお）でもない一団だが、しかし隙（すき）のない歩行一つとってみても、彼らが有志の集まり程度ではなく、正規に訓練を受けたものだと見てとれる。マルモア国の女騎士たちが小声を交わし、探るような視線を投げるなか、青年騎士隊は近くの階段から観客席へとのぼっていく。

屈みこんで矢を拾っていたニナは、リヒトが近づいてくるのを緊張して待った。今回も同じかという不安と、それでも微か（かす）な期待。けれど数歩先を歩くリヒトは、仲間の青年騎士と親しげに会話をしながら去っていく。ニナに気づいているだろうに足を止めることはない。声をかけることもない。

ニナはつかんでいた矢を強くにぎった。

港街ジェレイラで再会して一週間。リヒトはその新緑色の瞳に、まだきちんとニナを映していない。

南広場でリヒトと想定外の遭遇をし、おどろいて逃げた先の裏路地で喧嘩（けんか）に巻きこまれたメルを見つけ、混乱からか泣いてしまったニナは結局、メルに手を引かれて〈操舵亭〉へと連れ帰られた。

時を同じくして競技会に参加していたベアトリスたちが帰宅し、泣きはらしたニナから次第を聞かされた一同は、困惑に顔を見あわせる。春先ごろの親善競技の際の人目を憚らぬ執心ぶりを考えれば、嘘をついてニナから離れて南方地域に来ていることも、別の女性と懇意にしていることも、にわかには信じられない。

ともかく時間をつくって南広場の屋台に行ってみようと決め、翌日にいつも通り港前競技場に向かったところ、受付で競技会の参加手続きをしているリヒトがいた。

仰天する一行に対し、しかし同年代くらいの青年騎士と隊を組んでいるリヒトはまったくの無反応。貴族的にととのった顔立ちに冷ややかな表情を浮かべ、固まるニナに一瞥すらくれず立ち去った。

ニナと見れば破顔して飛びつき、甘い言葉を惜しげもなく紡いだリヒトの、まさかの豹変ぶり。南方地域に出立するまえに二人のあいだで問題が生じたのは聞いていたが、ここまでこじれていたとは。

当初こそ痴話喧嘩の類だと思っていた赤毛らが事態の深刻さに気づくなか、リヒトは頻繁に競技場に姿を見せるようになる。青年騎士たちと模擬競技に参加し有力騎士隊の競技会を観戦して、東門そばの広場で軽食を手に談笑する。団舎で見慣れたいつもの姿が、けれどニナの存在に気づけば顔をそむける。通路で行き合えばまわれ右をし、屋台で鉢合わせれば商品を買わずに帰っていく。そんな冷たい拒絶を露骨に受ければ、元々が小心のニナは話しかけることもできず、ただ萎縮して身をすくませるしかない。

あまりの態度に憤慨したベアトリスが、首根っこを捕まえて物陰に引きずりこみ説明を求めたものの、南方地域では他人のふりが暗黙の了解でしょ、とそっけなく拒否された。頑なな対応にそれ以上は踏みこめず、恋人同士が同じ施設内にいながら一方が一方を無視して避ける、ぎごちなく不自然な状態がつづいているのだが。

——やっぱり、リヒトさんは。

遠ざかる後ろ姿を眺め、ニナは団舎で揉めたときの言葉を思いだす。

——もう真剣に最低。どうしてこんな。

リヒトがなぜ南方地域にいるのか、急に青年騎士たちと隊を組んであらわれたのか、屋台の女性とはユミルが教えてくれた関係なのか、真相はわからない。だけどリヒトがニナを避けていることは——あの件が原因で自分に背を向けるようになったのは事実だ。

——問題を大きくしたり自分が辛くなるまえに、嫌なことを嫌だって言うのは当然っていうかさ。

軍衣を所持した理由を話さなかった対応が不安で、赤毛たちに相談した。大事な過去を明かして親身になって助言してくれて、苦難の上に立つ姿に勇気づけられたけれど、でも遅かったのだ。

リヒトのなかでは結論が出ていて、だから顔も見ないし声もかけない。怒っている段階などとっくに越えて、きっと嫌われてしまった。だとしたら赤毛が危惧したとおり、気持ちを前提とする盾と弓が成り立たない。騎士の価値を決める破石数を捨てて、献身的に支えてくれたリヒトがいなければ、ニナなどただの出来そこないの案山子だ。

だけど隠し事をした自分に非があったとしても、ほんの数日前まで真摯な愛情をそそいでくれたのに、冷然と無視するなど極端ではないだろうか。〈その手〉の知識に自信はないけれど、もしも本当に看板娘さんに〈乗りかえる〉なら、ニナに説明するのが先ではないだろうか。

――リヒトさん、お知り合いですか。

子供じみた外見が似合わなくても、でもリヒトの恋人はニナではなかったのか。知らないところで別の女性と仲良く買い物をして、かなりのご執心で夫婦同然で、困っているなら助けるべきだと思うけれど、大人びた女性で背丈も釣り合いがとれていて――

動揺と混乱がぐるぐると渦巻く頭に、よくわからない苛立ちに似た嫌な感覚が忍びよる。

そんな心を自覚して、さらに不安をつのらせていると、係の従僕が競技の開始を告げにきた。

ニナはあわてて矢筒を背中にかけ、兜をかぶって顎の留具をはめる。焦るあまりうまくできずにもたついていると、気づいたベアトリスが手伝ってくれた。

顔色を失った状態ですみません、と謝ると、柔らかい苦笑が返ってきた。

「大丈夫よ、ニナ。競技会は一人でやるものじゃないし、とりあえず三戦目までは、そんなに強い相手じゃないから。先に誰か打たれてもじゅうぶん取り返せる。動けば身体も気持ちもほぐれると思うし、ゆっくりでいいの。完璧にやらなきゃとか、そんなふうに自分を追い詰めないで。ね？」

優しい励ましに、ニナは小さくうなずく。

なんとなく潤んだ目をぬぐって、いつものように汗拭き布の木桶を持とうと手をのばした——瞬間、均衡を崩して倒れた。

近くにいたメルが手を出して転倒はまぬがれたが、矢筒から飛び出た集めたばかりの矢と、こんどは汗拭き布まで無残に散らばる。

不思議そうな表情で自分の腕を見おろしているメルに、ごめんなさい、すみません、と涙目で謝るニナの姿に、ベアトリスや赤毛たちは不吉な確信に顔を見あわせた。

――それからのニナは散々だった。

第一競技は開始の角笛が鳴っても動けず、あわてて走った先で相手騎士と鉢合わせして あっさり打たれた。第二競技はメルがうまく相手騎士を足止めしたものの、何本弓射(きゅうしゃ)して も当たらずに命石を取られた。それでもベアトリスが告げたとおり、対戦した騎士隊の実 力は国家騎士団員たる彼女らの敵ではなく、ニナが失石数(しっせきすう)を増やしても個人技の差で挽回(ばんかい) し勝つことができた。

しかしながら大剣の振るえぬニナがリーリエ国騎士団として軍衣を許されているのは、 その卓絶した弓術が機能してこそで、ただ無様な失態をかさねるいまの状態は、攻撃の一 翼とならないどころかお荷物だ。あの子供はなんだ、出る競技の年齢を間違えたか、弓で 曲芸でもする気か――久しぶりの観客たちの嘲笑(ちょうしょう)もまた、萎縮するニナをさらに役立たず の案山子にさせる。

午前の最終となる第三競技は背中の矢羽根を引き抜くはずが兜の飾り布をつかみ、仰向(あおむ) けに倒れたところで相手騎士の餌食(えじき)となった。初めて出たヨルク伯爵杯を思わせる失態に、 それでもなんとか勝利した一行だが、競技終了後に真っ青な顔で謝罪するニナに、赤毛の女騎士はとうとう苦い表情で告げた。

金髪のことで動揺する気持ちはわかるけれど、競技会はどんな競技会でも遊びじゃない。集中力を欠いた騎士を出すのは危険だし、なによりも仲間を割いて守るべき価値がない。次の第四競技では、メルは〈盾〉ではなく攻撃の補助として使おうと思う──

隊の現状と安全を冷静に考えた判断に、ニナは小さくなって足元を見る。見限られても当然だとの思いと、こたえられない自分への情けなさ。

気まずい空気のまま昼の休憩となり、ユミルの差し入れで昼食を終えたのち、ニナはベアトリスと汚れた汗拭き布を洗いに水場に向かった。


小競技場の裏手にある、参加騎士隊が自由に使用できる井戸。

つるべを落として木桶に水をくみ、七枚の汗拭き布を手分けして洗う。初夏というにはまばゆすぎる南方地域の日差しを浴び、けれどニナの心には春先の親善競技で井戸に行こうとしたとき、心配だからとリヒトに止められたことがよぎった。

あのときは人前での過剰過ぎるリヒトの行動に困惑し、迷惑だと言わんばかりに用もないのに井戸に──思えばなんて贅沢な悩みだったのか。いまのこの状況は、惜しげもなく与えられた愛情を日常だと信じていた傲慢さへの、当然の報いなのだろうか。

離れていくリヒトの背中を思いだし、ニナは無意識のうちに胸をおさえていた。いつもは心を落ちつかせてくれる雑用が、不思議なほど役に立たない。

そんな様子に気づいたベアトリスは、水で濡らした汗拭き布をぎゅっと絞る。だいじょうぶ、どこか怪我でも、とのぞきこまれ、ニナは首を横にふった。

「怪我ではないです。でも……胸が痛いんです。なにもなってないのに、お腹を壊したときみたいに、すごく苦しくて」

「ニナ……」

「いままで、命の危険を感じるほど怖かったことも、なんどもあったのに。リヒトさんの態度が、それとちがった意味で怖くて、びっくりして……。それにユミルさんに屋台の女性の話を聞いてから、なんだか変な気持ちなんです。もやもやして嫌な感じで、そんな自分も怖くて……ぜんぜん、し、集中できなくて」

途方にくれた顔で目を潤ませ、たどたどしく告げる。

「王女殿下やみなさんに迷惑かけて、こんなの駄目だって。が、がんばらなきゃって思うのに。手も足も、弓も、いつもみたいに動かないんです。ほ、本当に、どうしたらいいのか……。恥ずかしくて情けなくて、わたし……」

華奢な肩をふるわせたニナを、ベアトリスはまじまじと見つめた。

日除けの木が屋根をつくる井戸が並んだ水場。木桶を足元に互いに屈んだ姿勢で、ベアトリスはやがてなにかに納得した顔で言う。

「……おどろいたわ。だってわたし、ニナってすごく強いって思ってたから。力とか体格とかじゃなくて、心の奥底の部分がゆらがない子なんだって。だけどもしかして〈騎士〉としてはそうだけど、〈女の子〉としてはまだぜんぜん、生まれたての子兎みたいに頼りないって感じなのかしら」

頼りない、と眉尻をさげてくり返したニナに、ベアトリスは労るような微笑みを浮かべる。

「誤解しないで。呆れてるわけじゃないの。……むしろ安心したのよ。わたし、ずっとニナに引け目を感じてたから。ニナにもちゃんと、自分が制御できなくなるほど動揺するときがあるってわかって、ほっとしたの」

「引け目って……」

ニナははっきりと困惑する。

リーリエ国の〈金の百合〉との呼称を持つ、まさしく国章の百合のごとき美貌の王女。

しかもすぐれているのは外見だけではない。天性の明朗さと人を魅了する話術と、飾らない優しさ。国家騎士団員として軍衣をまとうにふさわしい剣技をそなえ、善意で周囲を振りまわす傾向さえ素直な愛嬌を感じさせる。そんなベアトリスがなぜ、出来そこないの案山子であった、ちっぽけな村娘にすぎない自分程度に。

　そんなふうに感じたニナに、ベアトリスは汗拭き布を洗いながら言う。

「こういう表現は傲慢だけど、わたしね、小さいときから〈困ったこと〉がなかったの」

「困ったことがない……？」

「リーリエ国の王女として不可能がなかった。舞踏も礼法も学問も音楽も、当時の破石王に憧れて習った剣も、苦労した覚えがないのよ。美しい、素晴らしい、あふれる才能、国の誉れだ宝だって、父国王の寵愛を受けて貴族諸侯にかしずかれて、だからかしらね。自分はなんでもできるって信じてた。故王妃の第一王女として王家を支えて、国家騎士団として先頭に立って国を守ることも可能だって。それが最初にゆらいだのが、ガルム国の──ガウェインの求婚の一件なのよ」

「ガウェインのって、それはあの、王女殿下に求婚を承諾させるために、裁定競技会を利用した、という」

　確認の意味で口にすると、ベアトリスはええ、とうなずいた。

「最初に断ったのは〈条件〉が理由よ。〈赤い猛禽〉の悪名はもちろん、それを利用するガルム国と縁戚になることが、リーリエ国に有益だとは思えなかった。だけど一度目の競技会で多くの団員が〈騎士の命〉を失って、迷ったの。条件と国の軍事力たる騎士団の損害を天秤にかけて、王女としては承諾すべきかもしれないって。だけど騎士としては、不合理に屈するなんて絶対にできない。貴族諸侯に掌を返されて多くの騎士団仲間が去って、わたし、そのとき生まれて初めて、途方にくれたの」

「王女殿下……」

「どうしていいかわからないまま、二度目の競技会になって、三度目にはデニスが命を落とした。わたしはこれ以上の犠牲が怖くて、でも求婚を承諾すれば、自身の命と引きかえにガウェインを出場停止に追いこんだデニスの覚悟を無駄にしてしまう。逃げ場がなくて、〈なんでもできたわたし〉を壊すガウェインそのものを恐怖して。だから四度目の競技会で一人で戦えたニナに憧れたの。圧倒的に強い存在に必死で立ち向かった姿に。そんなふうになりたいと思って……だけど駄目だった」

　水に濡らした薄手の布をきつくしぼる。中天に差しかかった陽光に水滴が弾け、彩色タイルで囲われた水場の床に落ちた。

「ガルム国であなたが連れ去られたとき、騎士の命を失った団員やデニスのことが頭をよぎって、わたしはただ怖かった。また自分のせいで誰かが傷つくんだわって、不安で喚いて大騒ぎして、それでロルフに言われたの。この先も騎士でいたいなら、団員の覚悟を受けとる気概を持つべきだ。感傷的な自己満足で、戦おうとしている妹の邪魔をするなって」

ニナは、えっという顔をする。

ガルム国の事件での兄ロルフとベアトリスの口論は聞いていた。詳しい内容までは知らなかったが、兄は自分にも他人にも厳しい謹厳な騎士だ。それ以来なんとなく元気のないベアトリスに、大剣の一閃のごとき意見や容赦のない詰問を想像してはいたが。

あの、兄さまは、その、と動揺するニナに、ベアトリスは静かに首をふる。

「ロルフは正しいわ。わたしが〈騎士〉ならデニスのとき、団員の覚悟の犠牲を尊重すべきだったの。罪悪感を持つ方がよほど馬鹿にしたことだったのよ。……そう考えると騎士団員なのに、わたしはやっぱり〈王女〉だった。同じ仲間でありながら、かしずかれる身分って気持ちが根底にあって、そういう意味で中途半端なの。王女としても騎士としても立てない。それで狼煙台で話したとおり、ナルダ国王の理想的な求婚がきて、ふらふらっと?」

軽口めいて告げ、ベアトリスは洗い終わった汗拭き布を木桶に入れる。

立ちあがると腰に手をあて、甲冑をまとっても際立つ、女性らしい見事な曲線を描く身体を示すようにそらした。

「ね、ニナ。なにか気づかない？　わたし、こっちに来てから変わってない？」

ニナは戸惑いながらベアトリスを見あげる。

大輪の百合のごとき美貌は生気にあふれ、深緑色の瞳は力強く輝く。首筋や頬はよく観察すると、以前よりふっくらと肉が——

「あの、顔色がよくて日に焼けて、とてもお元気そうです。それとその、言いづらいのですが少し……お太りに？」

「そうなの！　リーリエ国を出てからお腹がすいてご飯が美味しくて、実は鎧下の腰のあたりがきついのよ。夜も熟睡だし、毎日が楽しくて仕方ないの。王家も騎士団も関係なくて、赤毛たちとお喋りして騒いで競技会に出て、〈ベティ〉でいられることが、ただの〈わたし〉が嬉しい。……そう考えるといままで、本当の自分以上に背伸びしてたんだって思うわ」

自嘲気味に言って、ベアトリスはニナに手を差しだす。

腕をつかんでひょいと立たせたかと思うと、青海色の目の端に、涙のあとが残っているのに気づいて親指の腹でぬぐった。

「どうしようもないときがあったって、いいじゃない。誰だっていつでも余裕で微笑んでる、誕生と豊穣(ほうじょう)の女神マーテルじゃないのよ。初めての恋人なら、戸惑ったり不安になったり当たり前だわ。それに隊の仲間が助けあうのは普通よ。ニナは競技会でわたしが危なくなったら、〈王女だから〉弓を射(い)て守ってくれるの？　ちがうでしょ？　王女と村娘じゃなくて団員と団員だから、辛(つら)いときは互いに支えるの」

「互いに支える……」

「あとね、リヒトのこと。看板娘云々(うんぬん)を聞いて、最初は捕まえて縄でしばって、船着き場から海に突き落としてやろうかと思ったんだけど、冷静に考えるとありえないのよ。リヒトがニナを嫌いになるなんて、火の島(イグニス・インスラ)が噴火したって絶対にない」

「それは……でも、ユミルさんは」

「あの細目はかなり油断がならないし、大会当日に報告なんて赤毛じゃないけど、揺さぶり目的の虚言って可能性もあるわ。あといちおうニナが自覚した〈変な気持ち〉は、リヒトが知ったら大喜びして記念日にしちゃう、恋人なら持たない方が不自然な感情よ。……あの子もたぶん足掻(あが)いてる。姉弟だからわかるわ。ロルフやニナみたいに正しい人って、見るのがしんどくなるときがあるの。だから行動してる。シレジア国の海の色に似たニナの目を、真っすぐに受けとめたいから、いまは耐えてる」

　ね、と首をかしげたベアトリスが、ふとなにかに気づいた顔をする。

ニナが視線を向けると、少し先の日除けの木の下にメルが立っていた。

夏用鎧下を着ていても甲冑姿では熱がこもる、南方地域の日差しを浴びながら汗一つ浮かべていないメルは、無表情で頭を掻いている。

酷い炎症状態を知っているニナは、洗い立ての汗拭き布を手に走りよった。渡した薬壺では効果がなかったろうか。失礼します、と後頭部をのぞきこむと、やはり白銀の髪と指先が血に染まっている。

痛ましさに眉をひそめたニナが、井戸水で冷えた布で慎重にぬぐうと、メルがぼそりとつぶやいた。

「……ベティは、ベティが楽しい」

「え？」

「メルは、メルが……」

なにを告げるつもりかと耳をかたむけるが、メルの言葉はそこで途切れる。

ややあって、木桶と汗拭き布をまとめているベアトリスに、赤毛たちが呼んでいると伝えた。午前の競技がすべて終了し、第四競技となる準々決勝の組み合わせが決まったというのだが、その相手騎士隊は——

「やーっと仲良くできるねえ。いくら誘っても、あんたぜんぜんつれねーし、おれすげえ苛々しててさ。でもこんな形で対戦できるなんて、南方地域の女神シルワは、やっぱ愛と平和を司ってる、って？」

鼻の頭に野卑な太刀傷を刻んでいる男は、ベアトリスを見るなり近づいてきた。

出場騎士隊の控室代わりの小競技場から出て、第四競技の会場である中競技場へとつづく通路。係の従僕に先導されている二つの隊は、すでに兜から足先まで戦闘競技会用の正式装備に身を包んでいる。

一方はマルモア国の四人の女騎士に、リーリエ国からはベアトリスとニナ、東方地域出身の少女騎士メルを加えた隊。対するもう一方は南の諸島群出身だという、曲刀をさげた野卑な男たちの隊。集団を率いている鼻傷の男は、水蛇の模様も猛々しい日焼けした腕を、ベアトリスの肩にまわしてくる。

「な、あんたが競技会のあとで遊んでくれるなら、手加減してやってもいーぜ。綺麗な顔が傷つかないように、優しく命石割ってやるよ。なんだか知らねーけど有力騎士隊が不運つづきで、うまく運べばお宝はおれたちのものだ。あんたの美貌を飾るにふさわしい、宝石でもドレスでも買ってやるからさ」

酒精の沁みた声で告げられ、ベアトリスは柳眉をひそめた。酒の臭いのする声音が肌に触れるのは同じなのに、白百合を守る誇り高い騎士たちとなぜこうもちがうのか。

肩にのせられた手を、籠手をはめた手で容赦なく払った。

「ごめんなさい。なにを言ってるかわからないわ。南方地域でも南の諸島群の方は、わたしたちと言語が異なるのね。下品で低俗な響きだけは伝わるけど、そんな愚劣な歌、あの猛禽だってさえずらない」

ああん、と表情を険しくした鼻傷の男を、鋭い眼差しで見すえて言い放つ。

「わたしの知る一の騎士なら、人語を解さぬ獣にはきっとこう言うわ。耳障りだから島に帰れ。帰らないなら、腕のいい革職人を用意する。でもあなたみたいな敷皮、出入り口の足拭き用にしかならなそうね？」

——観客のざわめきが遠く聞こえる通路に、ひんやりとした空気が流れる。

鼻傷の男は剣帯に手をのばしかけたが、列を先導する従僕が歩きだしたのを見ると、ち、と舌打ちしてその場を去った。

警戒しつつやりとりを眺めていた赤毛は、はあ、という顔で息を吐く。

〈女〉を使えとは言わないが、競技会前には微笑んで、油断を誘って命石を刈り取るのは力と体格で劣る女騎士の常套手段だ。しかしながら〈金の百合〉たる武器を利用せず、泥

臭い真っ向勝負を選ぶ姿勢は、色こそちがえど軍衣を許された騎士として嫌いじゃない
——だけど。

「むかつく男たちでも腕は立つ。勝敗は七対三でこっちが不利だ。そのうえでお荷物は守れないし、やっぱりニナの盾に人は割けない。あんたはただ、命石を打たれに出ることになる。本当にそれでいいんだね」

　赤毛の言葉に、ニナはうなずく。

〈盾〉がいなければ〈弓〉の自分に守る術がないのは理解している。それでも相手騎士が自分の命石を取りにくるには、数十秒程度の時間は確実にかかる。たとえわずかでも、味方に行動の猶予をつくること。いまのニナにできるのは、それだけだ。

　——せめて大競技場ならもう少し時間が稼げましたけど、仕方ありません。いまさらですけど競技場の大きさが、ここまで影響するなんて。端に立っても中央で散開する騎士の表情まで見える近距離では、あっというまに間隔を詰められて。

　そこまで考え、ニナはふと表情を変えた。

　大競技場での自分がどの位置で、どれほどの距離の相手を射ぬいていたか思いだす。長さ二百十歩、幅百四十歩の大競技場では、少なくとも味方陣地の半分より近づかなければ確実に命石を狙えない。それが長さ百四十歩、幅百歩の中競技場なら——

従僕に導かれて通路から出たニナは、中央付近を眺めながら東の端へと移動する。

制限時間や棄権の方法が説明され、一同が整列したのを合図に、港前競技場の私設審判が競技場の中央に立った。カルラ・ロッテ夫人杯の準々決勝にあたる第四競技。人数は七人制。砂時計二反転の競技が、角笛とともに開始された。

観客席から歓声があがるなか、競技場の端に整列していた両隊がいっせいに走りだす。

打ち合わせどおり一人で残されたニナは、左手に短弓、右手で矢羽根を持った姿勢で競技場を見わたした。しかし午前中の競技で戦力外だと認識されているのか、中央付近で衝突した十三名の騎士たちから走ってくる相手騎士はいない。それを見てとったニナは競技場の端ぎりぎりに立ち、中央付近で交戦する両隊を見やった。距離は大競技場で頻繁に射程としている六十歩前後。人数も少ないので、味方騎士が軌道を邪魔する心配もない。

――そうです。競技場が狭いのにいつもと同じ感覚で考えて、相手が近づくのを待つ必要はなかったんです。

弓を引きしぼり、ニナはごくりと唾をのむ。

――すぐに距離を詰められるということは、それだけ早く射程に入るということです。面積が狭いなら射程の割合は広くなります。だから普段は狙えない中央付近も、うまくいけばじゅうぶんにここから。

いまさらながら気づいた思いつきに騎士の心がさだまる。ここ数日の失敗もリヒトのことも、なにもかもが意識から消えていく。

敵と味方の陣地を分ける競技場の中央。嵐さながらに沸き立つ土煙のなかで、金属が衝突する音が稲妻のごとく弾ける。矢尻の先に集中して機会をうかがい、ニナは相手隊の一人が乱戦から離れた瞬間をとらえて矢羽根を離した。

「！」

弓弦が鳴り、こちらに正面を向けていた騎士の身体が大きくゆれる。唐突な衝撃に何事かと手をやった、兜の頭頂部に命石はすでにない。

私設審判が角笛の音とともに退場を告げ、付近で大剣をあやつっていた赤毛が、感嘆に目を見ひらき振りかえった。

「ニナ……あんた」

まえに対戦したときに見せつけられたのと変わらない、やっとなにかが振り切れたような一矢。七人制は十五人制よりも先取した方が優位となる。これならと期待した赤毛だが、鼻傷の男は強かに対応した。

「！」

背後から二人がかりで焦茶に襲いかかり、引き倒した身体を踏みつけて命石をとる。気をとられた黒髪の髪を引っ張って顔面に膝を入れると、容赦なく命石を割った。

負傷が前提の戦闘競技会でも最低限の騎士の礼儀はあるが、暴力行為に慣れた無頼者には関係ないらしい。また男たちの変則的な身動きは、女騎士たちの山猫のごとき素早さに対応する。大剣より短いぶん、小回りがきく曲刀を閃かせて銀髪の命石を取ると、一人の男をニナに向かって走らせた。

急展開する競技会運びのなか、土埃をあげて迫る相手騎士に急いで矢をつがえるが、男はすかさず凧型盾で兜の命石を隠す。なす術もなく距離を詰められたニナは、弓をかまえたまま頭上の衝撃を予想して足を踏んばった。悔しいが無為に失石したのではなく、一つでも破石できたのだと覚悟をさだめる。

相手騎士の曲刀がしなり、三日月型の剣風が容赦なくおそいかかる――直前。

「――！」

弾けたのは高い金属音。

驚愕に見ひらかれたニナの視界で白銀の髪が躍った。

見まちがいではない――その存在はたしかに。

兜の飾り布が鼻先に触れるほどの目の前で、大剣と凧型盾を交差したメルが相手騎士の曲刀を受けとめている。

小さな身体それ自体を盾にして、決してこの先には行かせないと。力任せにのしかかる男に細い腕をふるわせてこらえ、競技場に足先がめり込んでも動かない。

強い意思を感じさせる姿に既視感（きしかん）のある金の髪が脳裏（のうり）をよぎった。

守られている、守ってくれている。手足に染みついた感覚に導かれ、ニナが弓を放つまでは一瞬のこと。

「――！」

弓音が鳴り、メルがおさえていた相手騎士の命石が真っ二つに割れた。

角笛が放たれ観客席から歓声があがるなか、ニナは弓射（きゅうしゃ）が成功したことに喜ぶよりまえに、驚愕にゆれる目をメルへと向けている。

盾を外れる決定にも無反応だった。ほんの直前まで中央付近でほかの騎士に対峙（たいじ）していた。なのに六十歩はあるだろう距離を疾風のごとく駆けもどり、ニナにくだされた曲刀のまえに立ちはだかってくれた。

役割としての制止ではない。行動としてニナを守る――その〈盾〉となるために。

「メルさん、あの、い、いまのって……」

「……これはなに」

「え？」

「わからない。身体を動かした、これはなに」

大剣をつかんだ右手と盾を持った左手を交互に見て、メルは奇妙な表情で問いかける。なにって、えと、と困惑したニナの耳に甲冑の鳴る金属音が迫った。

「！」

察知したときには遅い。

味方の失石を見て中央付近から急行した新手騎士の一閃により、自分の手を見おろしていたメルが呆気なく吹き飛ぶ。返す刀が大気を切り裂き、メルの名を呼んだニナの身体が宙に舞った。

二つの命石が砕けて角笛が立てつづけに鳴る。競技場に叩きつけられ、呻きながら身を起こしたニナの視界の先で、接近戦をしていた赤毛が相手騎士と命石を割り合う形で倒れたのが見えた。一時は破石数で勝りながら、少しの綻びから一気にたたみかけられ、残されたのは王女ベアトリスと鼻傷の男ら四人の騎士。

――まともな競技会はそこまでだった。

時間と残り騎士数から勝負はすでに決していながら、鼻傷の男たちは容易に取れるはずのベアトリスの命石を奪わない。

声をかけても相手にされず生意気な啖呵まで切られた。可愛げのない女を公然といたぶれる機会を得て、下劣な嗜虐心に薄ら笑いを浮かべる。四方から囲んで逃げ場をふさぎ、剣と盾を容赦なく使って暴行を加えた。甲冑から見える皮膚が斬られ、おそらくは故意だろう、兜から流れる艶やかな金の巻き毛が幾筋も断たれて落ちた。

命石を割る手段としてではなく、攻撃自体が目的のごとき行為。猫が捕らえた鼠を遊び殺すに近い競技会運びに、享楽的な観客の一部は喝采をあげ、優勝候補隊としての彼女たちに期待してた見物人は、落胆と痛ましさに眉をひそめた。

競技場の木杭の外から見守るしかないニナたちの目の前で、荒い呼吸を吐いて防戦に追われるベアトリスは、それでも棄権を願いでることはない。

汗と泥にまみれ、高貴な素性を思えば憐憫すら覚える惨めな姿を衆目に晒し。殴打された鼻から流れる血をぬぐうことさえせず、相手の命石を諦めずに狙い、たった一人で最後まで競技場に立ちつづけた。

やがて終了の角笛が鳴り、残り騎士数四名対一名で、私設審判が鼻傷の男たちの隊に勝利を告げる。

大口を叩いたわりに、たいした〈美女〉になったな。嘲笑しながら立ち去る彼らとすれちがう形で、ニナは木杭の外へと出たベアトリスに駆けよった。

砂時計二反転の後半を、ほとんど一人で四人を相手にした。体力と気力の限界だったか、ベアトリスは両膝をついて倒れこむ。港前競技場には参加隊が休める陣所も、即座に対応してくれる審判部の医療係もいない。赤毛はニナを介添えに残すと、手分けして担架や応急手当の道具を取りに行った。

ニナは命石が輝く兜をはずし、鼻血で汚れた口元を指先でぬぐう。仰向けになり、ぜえぜえと荒い呼吸を吐くベアトリスは、ごめんね、負けちゃった、と小さく笑った。かける言葉に迷い首を横にふったニナに、無残に断たれた金の髪をつまんで言う。

「あーあ。これじゃ短く切りそろえなきゃ駄目かしら。綺麗なものに目がない父王陛下には泣かれるわね。亡くなった母王妃さまに義理立てして、わたしをリーリエ国の完璧な王女に育てるのが使命の女官長は、卒倒するかも。……でもね、ニナ。わたしいますごく、気持ちいい」

「気持ちいいって……」

「持てる力を尽くしたのに、嫌な男たちに正々堂々と剣で思い知らせることができなかった。見世物みたいに遊ばれて、身体中が痛くて髪まで切られて。でも惨めに負けられた自分に納得してる。怖かったけど最後まで立てたことに、満足してる」

ベアトリスは横たわったまま観客席を見わたした。

階段状に競技場を囲む観客席を包むのは、勝利隊を祝う歓声でも、見ごたえのある対戦を称賛する声でもない。後味の悪さと失望。そんな空気に満たされた観客席を眺め、しみじみと告げる。

「……これが正当な評価なのよ。強くて美しい〈金の百合〉だなんてもてはやされて、実際はただ、恵まれた境遇に胡坐（あぐら）をかいていい気になってただけだわ。大言壮語（たいげんそうご）を真実にできる実力と精神をそなえた、リーリエ国の一の騎士の足元にも及ばない。王女も団員もなくしたら、こうして無様に転がってるだけの、ただの〈わたし〉でしかないのよ」

「王女殿下……」

「だけどそんな、正しい位置づけが嬉しい。無理に背伸びして中途半端になって、でも自分の手で成しえることなんてたかが知れてるって、実感できた機会に感謝してる。銀花の城でドレスを着て微笑（ほほえ）むのでも、軍衣をひるがえして颯爽（さっそう）と剣を振るうのでもない。みっともなく横たわってるいまの状態が、〈わたし〉だって」

ベアトリスは豊かな胸を膨（ふく）らませて大きく息を吐く。

現実を認めながらも、それでも敗北は敗北だ。深緑色の瞳を悔しさに潤ませ、微（かす）かにふるえる声で、己に言い聞かせるように言った。

「でもね、絶望してるわけじゃないのよ。人って、高く飛ぶまえはいちど屈むじゃない。

あれと同じよ。屈辱だし腹の虫が暴れて地団駄を踏んでるわ。鼻傷の男の笑った顔、この先も夢に見て頭をかきむしって叫ぶと思う。だけどこれを経験してきっと初めて、わたしは本当の〈金の百合〉になれるのよ」

まだ起きあがるのは辛いのか、ぐったりと投げだされた身体は土にまみれている。戦塵に乱され断たれた、甘い花香で艶めいたはずの金の髪。白百合の美貌は汗で汚れ、打たれた鼻の周囲は痛々しげに赤らみ、むき出しの部分はもちろん、甲冑に隠された肌は打撲の痣だらけだろう。

風雨に薙がれ、泥水に倒された花のごとき様子は、お世辞にも美しいとは言い難い。見事な曲線の肢体を豪奢な衣に包み、貴族諸侯の賛辞を受ける姿や、濃紺の軍衣をまとい戦女神さながらに団員を引きつれている姿とは、あまりにちがう。

ちがうけれど――でも、だけど。

「……綺麗です」

「え？」

「いまの王女殿下は、わたしがいままで見たお姿のなかでいちばん……いちばん、お綺麗です……」

こみあげる感情に喉を詰まらせ、ニナはにぎった手で胸をおさえて言いつのる。

嘘でも慰めでもない。横たわるベアトリスのそばに膝をつき、目頭を熱くする。ただ思いのまま、真摯に言葉を紡いだ。

「立場とか見た目とか、そういうのじゃなくて……。笑われても倒されても、せいいっぱいに抗って負けた王女殿下は、誰よりもお綺麗です。どんな嵐にも屈しない、逃げずに立ち向かった白百合だと。……本当の意味で気高い〈金の百合〉を、わたしはリーリエ国の民として、心から、誇りに思います」

「ニナ……」

こらえきれずにこぼれた涙が、ベアトリスの頰に落ちる。

ひたむきに見おろしてくる青海色の瞳には、横たわる己が映っている。清廉に澄みわたった青は、まるで海を溶かした鏡のようだ。存在と感情のすべてをさらけ出し、ただ素直に、その心を返してくれる。

ベアトリスはやがて、うっとりと目を細めた。

「……リヒトじゃないけど、すごく澄んでる。濁りがないから、相手の気持ちや姿を真っすぐに受けとめてくれるのかしら。わたしが王子だったら、きっとニナに恋してたわね」

こい、と目をまたたいたニナの手をとると、指先にそっと口づける。

柔らかく熱い唇の感触に、真っ赤になった小作りな顔を楽しげに眺めると、悪戯っぽく告げた。
「でもわたし、軽薄な見た目のわりに慎重で、無駄に考えこんじゃうあの子とはちがうわ。空気が読めないらしい利点を最大限にいかして、告白して求婚して、ニナがおろおろ動揺（どうよう）しているうちに王城に連れ去るの。あれって思ったときにはもうニナは、大広間で冠を頭に戴（いただ）いて、王子妃殿下として踊ってるわよ？」

赤毛たちと担架で運びだしたベアトリスは、ぼろぼろの見た目のわりには幸い、打撲と擦り傷程度の軽傷におさまった。手当てと休憩を終えてから中競技場に戻って観戦した決勝は、結局、鼻傷の男たちの隊と、東方地域から来た黒髪の騎士隊を下した、リヒトら青年騎士隊との対戦となった。

やはりどこかの国の国家騎士団──それも相当に実戦経験を積んだ実力国の騎士たちなのか。青年騎士隊の競技会運びは形通りでいて場慣れしており、変則的で乱暴な鼻傷の男たちの剣技に対しても的確に対応する。

ニナは観客席から競技を見守ったが、久しぶりに見る盾ではない騎士としてのリヒトは、苦手な攻撃に無理に参加するというよりも、基本的には仲間騎士の援護にまわっていた。

しかしそれでも公式競技会では眉をひそめられる、相手を過度に損傷させた状態ならばリヒトでも命石が奪えるらしい。凧型盾で殴打して引きずり倒し、鼻傷の男の顔を踏みつけて命石を粉砕した姿は、乱暴さにいささか首をすくめたものの、ベアトリスが受けた仕打ちを考えれば溜飲がさがった。

青年騎士隊は制限時間内にすべての相手騎士の命石を奪い、見事な完勝でカルラ・ロッテ夫人杯を制した。

模擬競技や街での所業をふくめ、鼻傷の男たちの暴力的な素行はよほど嫌われていたのか。割れんばかりの大歓声のなか表彰式がおこなわれ、主催者の豪商から女性を象った賜杯と金貨を満載した木箱が授与された。

声援にこたえて仲間と競技場を一周したリヒトは、ある一角で不意に足を止める。

遠目で顔までは見えないが、背格好からして南広場にいた屋台の姉弟だろうか。勝利報告をするように拳を突きあげたリヒトは、彼らのために競技会でお金を稼いでいるのだとユミルは告げた。

ベアトリスは否定してくれたけれど、軍衣の件で愛想をつかして、真面目な看板娘に心を惹かれる可能性もないとはいえない。だけど南方地域に来た理由にしても、ニナはまだリヒトから、なんの真実も聞かされていない。

――どうしようもないときがあったって、いいじゃない。誰だっていつでも余裕で微笑んでる、誕生と豊穣(ほうじょう)の女神マーテルじゃないのよ。

〈金の百合〉である誇り高い王女は泥を浴びて地に倒れてもなお、見事に花を咲かせてみせた。いまのリヒトの様子を考えれば声をかけても無視されるかも知れない。嫌われているのを自覚して、惨(みじ)めになるだけかも知れないけれど。

――逃げてないで、ちゃんとたしかめなきゃ駄目です。誰かの口からではなく、リヒトさんから直接。初めてのことなんだから失敗したっておかしくたって、きっといいんです。

そう決意し、ニナは周囲の観客にまじって拍手をおくる。

仲間騎士と肩を叩きあうリヒトの金の髪に、二人が出会った季節を思わせる爽(さわ)やかな陽光が輝いて弾けた。

6

——一夜が明けた翌日。

朝の鐘が港街ジェレイラに時を告げるなか、外套姿のニナは矢筒と短弓を背負い、一人で〈操舵亭〉を出た。

爽やかな海からの風を感じ、思わずもれた欠伸を手でおさえる。涙のにじんだ目元をこすった顔は眠たげで、疲労の色が濃い。

南方地域のタルピカ国に滞在して一カ月。結果こそ準決勝での敗退となったが、遠征の目的としたカルラ・ロッテ夫人杯が無事に終了したことで、昨日は解団式として大通りの酒場にくり出し、日付が変わるころまで大騒ぎした。

まえに宿屋の二階で夜のお茶会をしたときも、最終的には奥の部屋に宿泊中のユミルから苦情がでるほど盛りあがったが、お酒が入ったマルモア国女騎士たちの無軌道は、団舎で中年組の相手に慣れているニナの予想をも超えていた。

周囲の客に手当たり次第に絡んで、飲めや歌えの大はしゃぎ。風采のいい青年を見るや声をかけ、肩に担いで暗がりに連れこもうとするほどで、ニナは先の副団長よろしく謝罪と対応に追われた。

子供用の衣装を広げてニナに着用をねだる黒髪に、上機嫌で服を脱ぎだしたベアトリスや、けたけたと笑う赤毛に号泣する銀髪と焦茶。どうにかなだめて全員を宿に連れ帰り、酒臭い身体を順番に寝台に押しこんだあとは、両膝と両手を床につくほどの疲労困憊だった。翌日に用事があるというメルは参加せず、ニナは正直がっかりしたが、あの破天荒な醜態を考えると、犠牲者が自分だけでよかったかも知れない。

――ゼンメル団長との約束の期限を考えると、遅くても今週中には出立しないと間にあいません。メルさんとは最初はどうなるかと思いましたが、第四競技での一矢はたしかに〈盾〉と〈弓〉でした。もうすぐお別れなんて、すごく寂しいです。

いちおうは昨日の時点で帰国日の予定は告げ、メルにも街を発つときは宿屋に知らせにきてほしいとお願いした。

だけど容易には会えない東方地域出身という素性を思うと別れ難い。〈メル〉が本当の名前なのかもわからず、国家騎士団の守秘義務を考えると気は引けるが、せめて〈ニナ〉は本名で登録名でもあると、そのことだけでも明かせないだろうか。

そんなふうに考えながら宿屋街から大通りに出て、採れたての野菜や乳製品を運ぶ荷車に混じって南広場へと向かう。

目指すは一週間ほどまえにリヒトと会ったクレプフェンの屋台だ。思い切って話そうと決めたのはいいが、滞在場所も今後の予定も知らない。情報収集が専門らしいユミルに教えてもらおうと宿屋の部屋を訪ねたものの、早朝にもかかわらず外出したあとだった。

仕方なく日参しているという屋台を確認してみようと思ったのだが――

――……いました。リヒトさんです。でもあれは隊を組んでいた騎士の方々と、カルラ・ロッテ夫人杯の主催者の方、でしょうか。

南広場に到着してまもなく、ニナは目的のリヒトを見つけた。しかし仲間とともに商人風の男性に先導されたリヒトは、屋台のある一角ではなく船着き場へと歩いていく。夫人杯の優勝隊は金貨五千枚のほか、希望者は主催者が交易船の護衛として雇用すると聞いている。まさかリーリエ国騎士団を辞めることはないと思うが、なんとなく気になったニナはそのまま、リヒトらのあとを追った。

船着き場についた一行は主催者と何事か話しながら、栈橋の奥へと移動する。この地域での地方競技会の開催は交易で財を成した商人の名誉というのは本当なのか。リヒトたちは係留されている船のなかでひときわ大きな帆船に導かれ、階段状に組まれた渡し板から乗船していく。

栈橋に積まれた木箱の裏からそれを眺め、ニナは困惑に瞳をゆらした。帆が張ってあるのなら出航するのかも知れず、出直そうかと考えていた視界の隅を人影が疾駆する。人目を憚るように身を低くした、鎖帷子姿の日焼けした十数人の——あれは。

——鼻傷の男たちです。競技会に出た隊だけじゃなくて、仲間もいます。でもなんでしょう。いったいなにを。

訝しげに眉をひそめたニナの視線の先で、男たちはリヒトが乗りこんだ帆船に近づくと、渡し板の階段を駆けあがり、船べりを飛びこえて次々に乗船していった。

「！」

ニナはおどろきに口元をおさえる。

鼻傷の男たちがなぜ主催者の船に、と思考をめぐらせ、いかにも不審な行動に、ユミルから聞いた噂を思いだす。

南方地域で続発しているという有力騎士隊の不可解な襲撃事件。海賊さながらの風体と粗暴な態度を思えば、彼らが犯人でも納得できるし、優勝したリヒトたちの賞金が目当てだとすれば動機にもなる。

隠れていた木箱の陰から出て、ニナは栈橋を帆船に向かって走った。

内部の様子をうかがおうと背伸びするが、その船は水面から甲板までの乾舷が高く、壁のごとくそびえる船体の先はわからない。

ニナは迷ったが、仮に想像のとおりなら乗りこんだリヒトが心配だ。乗船用の階段をあがると、想像以上の高さに怯えつつ、船べりまでかけられた渡し板の先端まで進んだ。しかし波音に混じり聞こえてきた金属音に視線をやった瞬間、足元が大きくゆれ、小柄な体躯は呆気なく甲板に転がり落ちてしまう。

「――……っ」

強かに身体を打ち、急いで身を起こすと、少し先に矢筒にかけていた短弓が投げだされている。

急いで拾おうとしたニナがふたたび波打った船体に足をもつれさせたとき、甲板にある小屋の裏から、鼻傷の男が剣戟を交わしながら飛びこんできた。

――え?

抜き払った曲刀を振るう鼻傷の男に対峙するのは、フードつき外套を重くまとった二人の男。なにが起こっているのか。わけがわからないニナは小屋の壁に身をよせる。

なんだ貴様らは、あの金髪の仲間か、と怒鳴る鼻傷の男は、ゆれる船上でも均衡を崩すことなく外套の男と切り結ぶ。昨日の準決勝でも間近に見たとおり、その腕前は二人を相手にしてもなおたしかだが、腕に刻んだ水蛇のごとく風を切った半月状の曲刀が、けれど唐突に甲高い音を立てて弾けた。

「！」

強い陽光に白銀が閃き、曲刀の上部が回転しながら甲板に転がる。

悲鳴のような金属音と分断された剣先。ニナの脳裏によぎった光景。千谷山の城塞で〈赤い猛禽〉に折られた、キントハイト国騎士団長イザークの大剣。西方地域の破石王の剣技を凌駕して牙を奪ったのは、〈連中〉がガウェインに与えた硬化銀製の密造剣だった。

――まさか……まさか、この人たちは。

ニナの胸が嫌な感じに高まっていく。

折られた曲刀を捨て、腰の短剣を手にした鼻傷の男と交戦する外套姿の男たち。目の前の二人がそうなのか。禁じられた硬化銀製武器を使用し、国家連合が君臨する火の島の社会制度そのものに叛意を示して暗躍する勢力。

ユミルは南方地域での有力騎士隊襲撃事件に、連中と密造剣が関係している可能性について言及していた。ならば彼らが使用しているのは硬化銀製の大剣で、だから鼻傷の男の曲刀があぁも簡単に断たれたのだろうか。

そう考えていたニナの口元を、背後からのばされた手が唐突におおった。

「！」

声をあげかけた小柄な身体が後ろに引きずられる。

〈連中〉かと驚愕したニナだが、すぐに別のおどろきに目を丸くした。唇と頬に触れるのは剣たこのある長い指。背中に感じるのは覚えのある気配と、懐かしい体温。

――この手は、もしかして。

確信から力を抜いたニナの腹に腕をまわして小脇に抱え、背後の人物は近くの小屋へと移動する。急な螺旋階段をおりて薄暗い廊下を進むと、奥の扉をあけて入りこみ、内部の安全を確認したところでニナを解放した。

丁寧に床におろされ、ニナはおそるおそるあたりを見まわす。

潮の匂いが染みついた小部屋は船内の倉庫なのか、丸められた帆のような布に大量のロープがかさねられ、天井に近い小窓からわずかに光が差しこむ。窓枠に顔をよせて外の状況をうかがった外套姿の男――リヒトは、長毛種の猫を思わせる金髪を苛立った様子でかきあげた。やがて仕方ないといったふうに、こちらに背中を見せたまま言った。

「……なんなのこれ。もうちょっとだったのに、あらゆる意味で予想外。なんでニナが甲板にいるんだよ。嫌がらせなの。おれの邪魔をしにきたわけ？」

床に座りこんだニナはびくりと首をすくませる。

いかにも迷惑だという口調と、やはり向けられることはない新緑色の瞳。危惧していたとおりの対応に怯みかけた自分を奮い立たせ、ニナはともかく口を開いた。

「い、嫌がらせとか邪魔とかじゃ、ありません。ご迷惑をかけたのは、その、悪いと思っています。船まで乗りこむつもりなんかなくて、リヒトさんと話したかっただけなのに、なんだか、わ、わけがわからないうちに」

「おれと話したいって……」

「いろいろ質問したいことがあって、南広場の屋台に行ったら桟橋に向かう姿を見かけて、仲間の方々と乗船したあとに、決勝の相手隊の男たちが追いかけていって。それで、だ、だいじょうぶかなって、リヒトさんが心配になって」

「心配……」

「あの、有力騎士隊の襲撃事件の噂を聞いてたから、もしかしたらって。でも背伸びをしても桟橋からじゃ船の上が見えないし、仕方ないから渡し板から確認しようとしたら、船がゆれて、か、甲板に落ちてしまって……」

たどたどしく説明し、内容の拙さに恥ずかしくなる。

騎士としての慎重さと実行能力に欠ける行動で、思い返せば肝心の短弓は甲板に残したままだ。リヒトが連れ出してくれなければ、身を守る術のない状態で戦闘に巻きこまれていた可能性もある。

船倉の床にへたり込み、情けない気持ちでうつむいていると、リヒトが深い溜息をつく気配がした。呆れられたかと肩をちぢめたニナの耳に、低い呻き声が聞こえてくる。

「……駄目だ」

「え？」

「おれと話したいとか心配とか、背伸びして見えないから渡し板にのぼったら落ちちゃったとか、なにこの可愛い生き物は。ていうかやっぱり、半径三歩以内は無理だったんだよ。だっておれこの船倉に入ったときから、触ることと触ることと触ることしか考えてないし。本当に駄目。いちおうは努力したけど、もう我慢の限界——」

外套が舞って風が起こる。目の前の床にどん、と膝がつき、反射的にのけぞったニナの身体は、次の瞬間にはリヒトの胸のなかにあった。

「——っ」

痛いほどの力で自分を抱きしめるのは、あまりに懐かしい恋人の腕。

甲冑の感触が外套をとおして頬にあたり、きつい拘束は身じろぎさえできない。唐突な行動に呆然としていると、黒髪に埋められたリヒトの唇から掠れたつぶやきがもれた。

「……四十七日」

「え？」

「いや、ちがうな。真夜中にこっそり寝顔を見てちょっとだけ〈おさわり〉して出立したから、四十六日ぶりのニナか。これって仮入団が終わって村に帰っちゃったときの三十五日を越える別離記録だよね。離れるのを決めたのはおれだけど、あらためて自覚するとなんて最悪なんだろう。二度と記録更新する気はないからっていうか、絶対にしない」

恨み言めいて告げ、リヒトは少し腕をゆるめる。

膝立ちの姿勢で、胸の位置にあるニナの顎に手をかけて上を向かせた。

小窓から斜めに射しこむ陽光が照らすのは、小作りな顔に深い海の瞳と、外套が大きく見えるほど華奢な体軀に凜々しく背負った矢筒。触れている体温がたしかに存在するのを実感し、リヒトは新緑色の目を愛おしげに細める。

一方のニナの頭のなかは疑問でいっぱいだ。

甘過ぎて過干渉で、不穏になって冷たくなって、一周まわってまた甘くなる。豹変する態度に戸惑い、腕のなかに囲われたまま、おそるおそる問いかけた。

「……あの、あなたはリヒトさん、ですよね？」

「うん。ていうかおれ以外がこんなこと禁止でしょ昏倒させて重石つけて海に遺棄でしょ。それとこういう場合はさ、わたしの大好きなリヒトさんですよね、が正解かな？」

耳に馴染んでいるほんのりと怖い軽口。まちがいなく己の恋人だと実感し、それでも理解できないとたずねる。

「リヒトさん、その、軍衣の件で怒ってるんじゃないんですか？　だって港前競技場で会ってもすぐに顔をそむけて、無視して歩き去って。わたしのこと視界にも入れようとしなくて」

「避けたのは、近づいたら我慢ができなそうだったから。だっておれを誰だと思ってるの。〈おれ〉だよ？　気配と体温が感じられる三歩以内が限界だと思ったから、眉間と奥歯とお腹に力を入れて必死に離れた。遠くから見るのも自信がなくて、報告書だけもらって耐えた。情報の専門家を気取るだけあってニナの要点をおさえた内容でさ。斡旋所で子供の騎士に隊に誘われたのも、小競技場の階段で転んだのも軽食の屋台で並んでて横入りされたのも、ぜんぶ知ってる」

「近づくと……我慢がって」

告げられた理由に、ますます困惑する。

団舎で揉めたときの剣幕から、別人のごとき拒絶はそれが原因だと考えていたが、いまのリヒトの態度を見るかぎり、その件で怒っているようにもニナを嫌っているようにも思えない。

ならばリヒトはなぜニナを避けたのか。そもそもどうして南方地域にいるのか。

納得ができず見つめると、察したらしいリヒトは眉根をよせる。やがてそうだよね、当然だよね、といった顔で溜息をついた。

「……本当はさ、どういう形でも、ちゃんと結果を出してから会うつもりだったんだ。知られたらかっこ悪いし、庇われたら言いわけしそうで怖かったし。南広場の屋台のときも追いかけるか迷ったんだけど、でも馬鹿みたいでも一人でやらなきゃって……いや、一人で解決したかったんだ。じゃなきゃずっと、おれは同じだから」

そう言って立ちあがると、扉の裏と小窓の外の様子をうかがう。

誰かが近づいてくる気配がないのを確認すると、リヒトは壁際に積まれた帆を背にして腰をおろし、ニナを手招きした。おずおずと隣に座るのを待ってから、軽く立てた膝に頬づえをついて考えこみ、ややあって切りだした。

「まずは発端となった、おれが団舎を離れた理由の領地の件。簡単に説明すると、運営を任せてた代官が賭け事に手を出して、中央に納めるべき租税を使いこんだあげくに〈ラントフリート〉の名前で借金して穴埋め。不審をもたれて徴税卿の査察が入って、問題発覚でおれに出頭命令が出て懲罰が動議されて大騒ぎ――って感じ？」

「租税を使いこんで……し、借金？」

ニナは唖然とくり返す。

即座に団舎を発った経緯から、野盗の襲撃や共有施設の火災等は想像していたが、金銭的な不祥事は頭になかった。

村娘としての知識では、収穫麦で支払われる租税は地方を管轄するヨルク伯爵を経由して中央に納入されている。王族が与えられる領地の采配は王城から派遣された代官がおこなうらしいが、いまの説明ならリヒトに管理責任があるとしても、懲罰の対象というより被害者ではないだろうか。

控え目ながら感じたままを口にすると、リヒトは眉尻をさげて苦笑した。

「……きっとそんな反応してくれると思った。気持ちは嬉しいけど、でもニナ。おれがここ十年近く領地に行ってなくて、完全に他人事で放置してたって聞いても、同じこと言える？」

「十年近く行ってない……って」

「凶作で民が困窮しても大雨で川が氾濫しても無視で、領地の整備に使うべき税収も館の執務室に積みあげるだけで、任期を終えた代官が交代しても気づかない。……しかも最初の代官は十一歳のときのおれが、半殺しにして追いだしたって知っても？」

ニナはゆっくりと青海色の目を見ひらく。

年齢と行動。にわかには信じられず、戸惑いに視線を迷わせたニナに対し、リヒトは手で目元をおおった。

〈それ〉を語るのは彼にとって苦痛をもたらすものなのか、しばらくのあいだ唇を結ぶ。

それでも肩を上下させて息を吐くと、船倉の天井を見あげて口を開いた。

「……〈ラントフリート〉になった前後の出来事って重いし、ニナも聞いて困るだろうから言いづらいんだけど。シレジア国で母親と死に別れて問答無用でリーリエ国に連れ帰られて、でも一つだけ楽しみがあったんだ。庶子として認められれば領地が与えられる。その収入は中央への租税と運営に使用する以外は自由にできるから、酒場の仲間にお金を送ることができるって」

「仲間って……あの、リヒトさんといっしょに育った、同じような境遇の？」

「うん。ただ働きの労働力として酒場に引きとられた、親が死んだり捨てられたりした子供たち。貧民街で必死に生きる仲間を助けられるならって、おれはだから王城での生活に耐えた。兄王子の嫌がらせも貴族の嘲笑も、これを我慢すればあの子はご飯が食べられる、あの子は薬が買えるって言い聞かせて。そうして当時の代官に頼んでなんどかお金を送ったんだけど、ぜったい出すって約束してくれた手紙がこないんだ」

「手紙がこない……」

「シレジア国は遠いし、寝る間もなく働きづめで文字を書ける奴もかぎられてたから、最初は単純に時間がかかってるだけかと思って。だけど一年が過ぎて、あまりに変だから代官を問い詰めたら、実際には送金なんかしてなかったんだよ。……意地悪が大得意な兄王子の横やりでね」

自嘲気味に薄く笑って、リヒトは語る。

真実を知った少年の自分は衝撃と怒りで代官に剣を向けて、大怪我を負わせてリーリエ国から飛び出した。仲間が心配で約束したお金が送れなかったことを謝りたくて、子供の足で一カ月以上かけてシレジア国に戻った。もういちど彼らと暮らしたいと思ったけど、薄汚れた貧民街の一角に住んでいた酒場はなかった。

あとから聞いた話だが、その酒場には〈ラントフリート〉の養育費として、口止め料をかねた大金が渡されていた。派手な生活が仇になったか、たちの悪い連中に目をつけられて、夜半に押し込まれ放火されて仲間は行方不明。しかもそれはリヒトがリーリエ国に来て、わずか三カ月後の出来事だった――

「つまり結果的におれは、もう会えない仲間のために〈黄色い鼠〉として、送られてもいないお金を心の支えに兄王子の嫌がらせを受けてたってわけ。馬鹿みたいでしょって、実際馬鹿だった。だから〈領地〉はおれにとって、喪失と悔しさの象徴って言うかさ。……

もう二度と関わりたくない、話を聞くことさえ耐えがたい存在なんだよ」

ニナは咄嗟に言葉が見つからない。

義理の家族である兄王子をはじめ、リヒトが貴人を毛嫌いしているのは知っていた。対照的に庶民には気安く親切な姿を見ると、生来は明朗で人懐こい彼に頑なな態度を取らせるほど嫌な出来事があったのではと想像して――でもまさか、そこまで酷いことが。

わずか十一歳だった小さなリヒトは、異国に等しい祖国でたった一人、彼を〈黄色い鼠〉と嘲笑する王城に迎えられた。それでも大切な仲間を助けられるならと辛い生活に耐えたのに、希望が潰えたときの衝撃を思うと胸が痛んだ。顔さえ知らない兄王子に対し、他者に負の感情を抱くことが少ないニナには珍しい、たしかな怒りさえ感じた。

膝を抱えた指先に強く力を込めた姿に、リヒトは優しい微笑みを浮かべる。

「ニナがなにを考えてるかわかるよ。……ありがと。でもさ、その件にはいまでも悔恨や憤りがあって、おれ自身も囚われてるんだけど、だからと言って〈ラントフリート〉の領地を放棄するのはちがったんだよ」

「ちがうって……」

「おれが庶子の身分を強要されたように、領地の民だって望んでおれを領主にしたわけじゃない。十年ぶりに訪問した王都郊外の土地はね、まるで廃墟みたいに酷い状態だった。

当然だよね。おれは放置で代官は運営に使う収入を賭け事にまわしてたんだ。共有施設は壊れてて山林は荒れ放題で、なにより住んでる人の目が諦めてるの。王都で遊び惚けてる王子さまには庶民の暮らしなんかどうでもいいんだって。……おれは結果的に、おれが嫌ってた貴人と同じことを、領地の民にしてたんだよ」

声に深い後悔をにじませ、リヒトはつづける。

「過去ばかり見て悲しみを正当化して、無関係な領民に迷惑をかけた。デニスのときに思い知ったはずなのに、それでも自分の気持ちを優先してた。すごい反省して情けなくて。だから代官の負債は自力で解決すべきだと思ってさ。かなりの高額だし徴税卿には分割での返済を頼むしかないけど、交渉のためにある程度の手持ち金が必要で。でもおれ、貯金とかほとんどないから。それでゼンメル団長に相談して、南方地域で稼げるところまでがんばろうかなって」

潮の匂いがただよう薄暗い船倉の一室。ようやくにして語り終えたリヒトは、ほっと肩の力を抜いた。

少し迷うと、寄りそって座るニナの顔に手をのばす。左目の近くに薄く刻まれた太刀傷。団舎でのことが頭をよぎったか、壊れ物に触るようにそっとたどった。

「……この痕が消せないって、どこかでわかってたんだ」

「――え？」

「〈赤い猛禽(ブルート・フォゲル)〉の過去の暴虐を考えれば、運だけで助かるはずがない。ニナと奴は、騎士としての特別ななにかを分け合ったんだろうって。気になったけど我慢した。仮にそうでも命を拾えたなら割り切るべきだって。だけど奴の軍衣(ぐんい)を見たとき、上から斬(き)り直しても名前を刻んでも無駄なんだって、ニナのなかにはいまでも奴が生きてるって実感して、悔しくて心がおさえられなくて」

「リヒトさん……」

「おれがどれだけ地上を走っても、翼のあるニナはどんどん自分のなかにゆるぎない王国をつくっていく。おれはそこに入れなくて、おいていかれるのが怖くなった。だから無理に、奴に与えたものを手に入れようとして、ニナに拒否されてよけいに頭に血がのぼって。……いま思いだしても最低。酷い言い方もしちゃったしさ」

　自嘲を込めて告げ、微(かす)かに苦笑する。

「それで領地の件でしょ？　さすがに会わせる顔がないし、だから本当は結果を出してからニナの前に立ちたかった。小さなことでも道筋だけでも。ずっと強いニナに走って追いつけないのは理解してるけど、でも一歩でも近づいたおれでって。馬鹿みたいな意地だけど、まだそのときじゃないって、露骨に避けてたり逃げたりしてさ。でもこのままじゃ、ニナの目を真っすぐに見られない気がしたから」

リヒトは指先を太刀傷から頰(ほお)にすべらせた。予想外の出来事が起こったとはいえ、結局は中途半端なままで触れてしまった恋人。まえに見たときより少しだけ日焼けした肌を、慈(いつく)しむように優しくなでる。

「……ごめんね」

「え？」

「なんか、こんなに好きになってごめんねって。……おれにもわからないけど、なんとなく？」

おどけた様子で首をかしげた、甘く端整な顔には微笑みが浮かんでいる。満たされながらも諦めを感じさせる、心がざわめくいつもの表情に、ニナはぐっと喉(のど)を詰まらせる。

――なんですか、ごめんねって。

ニナにはわけがわからない。恋を捧げることに、なぜ謝罪が必要なのか。愛を告げられて嬉しいはずなのに、どうしてこうも苦しくなるのか。語るのでさえ辛いという過去には、先ほどの話のほかにもまだ、陽光のなかで笑うリヒトの足元につきまとう影のごとく、暗く悲しみに満ちた喪失(そうしつ)があるのか。

胸の奥がざわざわと波立つ。そんなニナに気づかず、リヒトは新緑色の目を柔らかく細めている。

なにかがたしかにつながっていない感覚がした。差しだされたリヒトの手をつかめていない、せいいっぱいの気持ちも届いていない。曖昧な焦燥感がニナのなかに生まれ、次第に大きくなる思いに頭の芯が痺れていく。

どうしたら伝わるのか。なにをしたら理解できるのか。

考えながらいつしかニナは膝立ちとなり、リヒトの顔に両手をのばしていた。

緊張に潤んだ青海色の目と少し強ばった表情。小刻みにゆれる指ですっきりと引き締まった頬を包みこむ。不思議そうなリヒトに、かたむけた自分の顔を思い切ってかさね——ようとした瞬間、船体が激しく動いた。

「——痛っ！」

突如として額を襲った衝撃。

リヒトは呻き声をあげて身を反らせる。

なにごとかと見ると、頭を抱えたニナが目の前で背中を丸めている。己の恋人はなぜ唐突に頭突きをしてきたのか。行為の意図が不明ながら、痛みに悶える華奢な肩に手をやった。

「だ、だいじょうぶ？　個人的な都合で振りまわしたし攻撃されても当然だとは思うけど、いまの頭突きだと、むしろニナの方が辛かったんじゃ」

「ちがいます。ず、頭突きじゃありません。ただ目測がくるって」

「目測？」

「ちゃんと唇の場所を確認したのに、急に船がゆれて位置がずれてしまったんです。鼻とぶつからない角度も工夫したんですけど、まさかあそこで……」

言いながら身を起こし、ニナはリヒトが呆然と自分を凝視しているのに気づいた。衝撃をあらわにした姿に、強打した頭をおさえていた小さな手が、大きく開かれた口元をふるえながらおおう。

——嘘です。わたし。

ニナは己がやろうとした行為をようやくにして自覚した。溶けあえないもどかしさで頭がいっぱいになって、言葉で駄目なら行動しかないと、いつのまにかリヒトに手をのばしていて。

未遂とはいえ実行した事実と顚末。二回程度の経験で挑むこと自体が分不相応だったのか。成功しても動揺したろうが、失敗したとあっては拙さに恥じ入るしかない。

せめて露見しなければと期待したけれど、ニナの肩に手をかけたまま虚脱していたリヒトは、やがてゆっくりと目をまたたく。頭のなかで組み立てられた甘い符号に、戸惑いつつ口を開いた。

「あのさ、なんていうか、えっと、目測とか唇とか鼻とか角度とか。……まさかとは思うけど、いまニナはおれにキ――」

「ず、頭突きです！」

　ニナは反射的に否定した。

　ほんの少しまえにちがうと言ったその口で。おそらくは察しているだろう頰を染めた恋人に、それでも必死に主張する。

「リヒトさんの言うとおり、わたしがしたのは頭突きです。こ、攻撃です。だってわたし、お、お、怒ってるんですから。勝手な行動に、振りまわされたことに」

「怒ってる？」

「そうです。怒ってます。リヒトさんのお気持ちや事情はわかる部分もありますけど、でもやっぱり酷いです。……あ、あんなふうに避けて、無視して。わたし、びっくりして。嫌われてしまったって。どうしていいかわからなくて、情けない競技会で王女殿下に迷惑をかけて」

「ニナ……」

「もうリヒトさんは盾になってくれないとか、だったらわたしはまた出来そこないの案山子に戻るのかなとか。ユミルさんから屋台の女性の話を聞いて、胸が変な感じにもなるし。ぎゅってなって苦しくなって。そ、そういう感覚は初めてだから、自分が怖くなって」

「…………」

「た、たしかにあの女性は、背丈があって大人びてて、リヒトさんと釣り合いがとれてました。真面目で頑張り屋の看板娘さんかも知れませんけど。でも、恋人はわたしなのにって。リヒトさんはわたしにもらわれてくれて、約束だってたくさんしたのにって、そう

――」

ニナの唇が唐突にふさがれた。

温かな感触と頬にかかった金の髪。大きく目を見ひらき、されていることを理解して、すぐさまぎゅっと目をつぶる。

のけぞった背中に積みあげられた帆があたり、顔の両脇にリヒトの腕がつく気配がした。身動きのできない状態で、少し乾いた唇が、おののく唇を貪るように食む。触れあう水音に船体に海が弾ける音が溶け、不規則にゆれる船倉の床が、甘く満たされたニナの意識を曖昧に絡めとっていく。

よせては返す波の数より多くかさねられた吐息。

やがて顔を離したリヒトは、縮こまっている恋人の赤い鼻先に軽いキスを落とすと、柔らかい苦笑を浮かべて言った。

「……ごめん。歓喜で理性が飛んじゃった。ねえニナ、なんなのほんと。おれをどこまで喜ばせれば気がすむわけ？」

潤んだ目をあけたニナは、頼りなく首を横にふる。

「よ、喜ばせてないです。真剣に怒ってるんです。リヒトさんの勝手な行動に。だからず、頭突きをしたって」

「こんな可愛い嘘なら三百六十五日聞きたいけどね。おれの真っ黒な嫉妬とはちがう、嬉しすぎる〈変な感じ〉はもちろん記念日認定で。看板娘云々は謎だけど……って、やっぱ駄目だ。離れてた反動っていうか、とりあえずニナがおれにしようとした〈頭突き〉、もう一回してもいい？」

「もう一回って、い、いましたばかりじゃ――」

熱っぽくねだってふたたび顔を近づけるリヒトに、はからずもニナが自身の嘘を暴露したとき、部屋の扉がばん、といきおいよく開いた。

「！」

瞬時に視線を向けたニナは、飛びこんできた人物を確認して目を丸くする。

抜き払った大剣を手に、小さな身体（からだ）で一分の隙（すき）もなく身がまえる。いまにも相手騎士に斬（き）りかからんばかりの気配を放ち、薄闇にひるがえった外套（がいとう）に輝くのは白に近い白銀の髪――

「メルさん！」

名前を呼んだときにはもう、ニナは鼻先にいたリヒトを突き飛ばしている。

どうしたんですか、なんでここに、と駆けより、高さの変わらない目線を合わせる。左手を前にした半身の姿勢で斜めに大剣をかまえていたメルは、硝子玉（ガラスだま）のごとき水色の瞳でじっとニナを映した。

大きくまばたきする。まるで夢から覚めた様子で、緩慢（かんまん）な声で告げた。

「……ニナ」

身構えをゆっくり解くと、ぼんやりと周囲を見まわす。

自分がいる場所をはじめて認識しているようにも見える、無機質な表情が船倉の壁際にそそがれた。

つられてふり向いたニナは、帆の山に頭を突っこんでいるリヒトの姿に気づき、しまったという顔をする。先ほどの自分が恋人にした、正真正銘（しょうしんしょうめい）の攻撃を認識してあわてるが、謝罪の言葉を告げるよりまえに、片腕を突きだしたリヒトが掌（てのひら）を制止の形に立てた。

赤くなった鼻筋をおさえて身を起こし、口の端をひくつかせる。

「いや、身体はだいじょうぶ。ある意味では当然の報いだしね。心は期待した反動で致命的な損傷を受けたけど、おれの〈頭突き〉はあとでちゃんと利息付きで返すから。でもって、その子って性別がおれと同じなら要注意な予感がする、ニナの盾の女の子だよね。えーっと、とりあえずなんでここに？」

もっともな問いに、ニナはあらためてメルに向きなおる。

「…………………」

長い沈黙。いつも通り黙りこんだ姿に答えを待っていると、メルが外套をはらりとめくった。鎖帷子(くさりかたびら)の腰部分にある剣帯(けんおび)には、抜き放たれた大剣の代わりに、短弓(たんきゅう)が斜めにくくられている。

まさかと目を見はったニナに、うつむいて短弓を突きだした。

「……ニナが落ちた。これは落ちていたもの」

「えっ……あ、あの、落ちたって、乗船用の渡し板から落下したことですか？」

「南広場からニナが船に消えるのを見た。甲板(かんぱん)で鼻傷の男たちが交戦していて、短弓が落ちていた。……ニナはいなかった。だから」

ニナは口元を手でおさえていた。

状況説明とこの場にいる事実と届けられた短弓。彼女は自分を案じて船に乗りこみ、剣戟を交わす男たちのそばに短弓を見つけ、不測の事態に遭ったのかと探してくれたのだろうか。無事をたずねる言葉や発見に喜んだ素振りを示したわけではない。けれど脳裏に焼きついている、外套をひるがえして船倉に飛びこみ、大剣を抜き払って周囲を見わたしていた姿。

メルは下を向いて短弓を差しだしている。

——わたしを、心配して。

たしかな行動が教えた彼女の気持ちに、ニナは届けられた短弓ではなく、にぎり部分をつかんでいるメルの指に手をのばす。両手で強く包みこみ、潤んだ目をしばたくと、迷惑をかけてごめんなさい、でも本当にありがとうございます、と心からの思いを告げた。

「——……」

メルの肩が微かにゆれる。

力が抜けたように短弓を離した。

中空に掲げられた手は、しかしおろされることなく後頭部へとのびる。頭をわしづかみにし、白銀の髪がけば立ついきおいで、唐突に激しく掻きむしりはじめた。

「え、あ、あの、メルさん……！」

ニナは困惑の声をあげる。すでに見慣れた光景ではあるが、それにしてもこの姿は異様だ。

やはり渡した薬壺(くすりつぼ)では効果がなかったのだと眉(まゆ)をよせ、同時に己の役目を考えると症状が増悪すると話していたメルを思いだす。所属する騎士団の事情は知らないが、こんなときでも頭から離れないなど、与えられた役目は彼女を苦しめるほどに、負担が大きい内容なのだろうか。

少し迷い、ニナは思い切って口を開いた。

「あの、部外者がよけいなことだとは思うのですが、特定の責務に関わると症状が悪化するなら、メルさんはそれに対して、その、なんと言いますかあまり、気が進まないのではないでしょうか?」

「――……」

「本当は嫌だけど立場として仕方なくとか、断れなくてとか怒られるからとか。たしかに所属する集団における責任は果たすべきですが、それでもメルさんはメルさん個人としての、ご自身の考えを大切にしてもいいのではと、そう、思って」

「…………」

後頭部を搔いていた手が静かに止まる。

ゆっくりとあげられた人形のごとき容貌の、空疎な水色によぎった光。硝子玉の奥底に閃いた輝きに、ニナは不思議な既視感を覚える。

まじろぎもせずに己を見すえた眼差しは、遥か北の雪に埋もれた千谷山の洞窟。猛禽として去った騎士が、心の奥底に触れられたときと似ていると感じ、感じた自分に胸騒ぎを覚えた──瞬間、ふたたび足元が大きくゆれた。

「！」

均衡を崩したメルにニナが手をのばし、支えきれずに倒れかけたニナをリヒトが抱えた。船体が低く軋む音と波が大きく弾ける音。状況の変化を感じたリヒトが小窓に近づくと、強く吹きこんだ海風が金の髪をさらった。

外の様子をうかがうと周囲は桟橋ではなく、係留されていた他船の代わりに海原と、三日月状に突きだした街外れの岬部分が視界に入る。船が出航したことを察したリヒトは、少し考えてから口を開いた。

「ちょっと予想外な展開で、おれも……たぶん船まで導いた夫人杯の主催者も、隠れてた連中も乗ってきた奴らも、全員が混乱してると思う。けど出航できたならある程度、甲板の方が落ちついたのかも知れない。〈どっち〉が制圧したにしても、その子もなんだか具合が悪そうだし、船倉に押しこまれると逃げ場がなくて厳しいかな」

とりあえず出ようとの提案に、ニナは虚脱した顔で立ちつくすメルの手をつかむと、そのまま部屋をあとにした。

長身のリヒトでは天井に頭がつきそうな薄暗い廊下。いくつもの扉やハンモックが吊された一角を通りすぎ、積荷の搬入口らしい吹き抜けの横にある螺旋階段をあがれば、乗船した直後に見た小屋に通じている。遠望鏡や測量用の道具が机に置かれた、団舎の執務室を思わせる小屋の窓から外を見ると、船尾に近い甲板の端に鼻傷の男たちが縄をかけられた状態で転がっていた。

ざっと人数を確認し、リヒトはあーあ、と眉尻をさげる。

「唐突に乗りこんで曲刀を抜き払ったときは、海賊の収奪みたいに威勢が良かったけどね。おかげで結局、夫人杯の主催者が予想より早く船倉から奴らを引き出しちゃったし。責任とってもう少しこらえてほしかったけど、猛禽以下の競技会をするごろつきはやっぱ駄目だね。大事な義姉の仕返しでも多少は手加減してやったのに、遠慮しないで鼻の骨を折ってやればよかった」

「義姉の仕返しって……ならあの決勝での」

「相手騎士を引き倒さなきゃ命石を取れないのは本当だけど、いちおうは義弟だからさ。でもベアトリスは恰好よかった。ぼろぼろだったけど、まちがいなく〈騎士〉だった――

って、あいつら働いてるじゃん。船上戦闘が初めてなら隠れてればいいのに、上司が陰険だと気苦労が多いよね」

小さく笑ったリヒトの視線の先。船の中央に近い大きな帆柱の周囲では、外套姿の集団と、リヒトが隊を組んでいた青年騎士たちが剣戟を交わしている。

「風向きと潮流がいいから長い時間じゃないと思うけど、人数に差があるし夫人杯の主催者が見えないのが気になるかな。それにいちどでも、背中を預けた騎士隊だからね」

剣帯に手をかけ、いいかな、という表情を向けられ、ニナはうなずいた。あの外套姿の襲撃者が誰であっても、ともかくは捕まえて、自分の考える〈連中〉かどうか正体を確認したい。

音を立てないように扉をあけて外に出ると、先ほどから自失しているメルは、荷物の搬入口付近の麦袋の裏に座らせる。リヒトと視線を交わしたのを合図に、ニナは波しぶきが煌(きら)めく甲板を走りだした。

激しく交戦するのは六人の青年騎士と、数十人ほどの外套姿の男たち。圧倒的な多勢に無勢で、しかも競技場と船上では勝手がちがうのか、船べりに追いつめられた騎士たちは一見して攻めあぐねているふうに見える。

リヒトは周囲の敵を大剣で蹴散(けち)らすと、仲間に合流して互いの無事を確認。加勢を得ていきおいを取りもどした味方の後ろに守られる形で、ニナはメルが届けてくれた短弓を左手に、背中の矢羽根を右手で引き抜いた。

　動きを止めるなら得物の剣か手足だ。けれど初めての船上での弓射は、予想以上に体勢を保つのが難しい。波のうねりに合わせて縦横に翻弄され、狙いをつけるどころか踏ん張っても足を持っていかれる。矢尻の先端がさだまらず、思うに任せないニナに対して、しかしリヒトの動きはまったく変わらない。

　軽快に大剣を打ち鳴らし金属音を響かせ、人数をたのみに群がる男たちを跳ね飛ばす。甲板に置いてある小舟や樽をも足場にして、ときに帆柱から斜めに張られたロープにぶらさがり攻撃をかわす姿は、むしろ環境や状況に慣れてさえ見えた。

　おどろきと少女らしい憧れと。知らず頬を染めていたニナに気づいたのか、船べりにかけられた錨の輪をつかんで横回転し、外套の男を蹴り倒したリヒトは、次の相手と剣戟を交えながら言った。

「いちおうはおれ、海育ちだからね。素潜りで貝や魚も採れるし、交易船の徒弟もしたことあるから、船上は慣れっこ。ついでに言えば荷運びも屋台の店番も、行商も客引きもできるって、よく考えたらこれ、いい感じの主張点かも。おれより完璧な王子さまは山ほどいるけど、つぶしがきくって意味じゃお買い得じゃない？」

快活に笑ったリヒトの大剣が、唐突（とうとつ）に嫌な音を立てる。

「！」

高く弾け飛んだのは中央部分から断たれた剣身。ニナはいまさらながら、鼻傷の男が曲刀を折られたことや、それをリヒトに伝えていないことを思いだした。

「リヒトさん、駄目です。その人たちの大剣は！」

武器を奪った有利に乗じて攻撃をしかける男に、ニナは咄嗟（とっさ）に矢を放つ。ひるがえった外套の裾（すそ）をざっと甲板に縫（ぬ）いとどめたとき、交戦中の青年騎士たちがいっせいに海上を見た。

なにごとかと視線を向けると、三日月状に広がる港街の西側の突端。岬となった陸地の陰から大きな帆船（はんせん）が姿をあらわす。

そそり立つ数本の帆柱に風をはらんで大きく膨（ふく）らんだ帆。白波を切り裂いて接近してきた船の、細く突きでた船首には柔らかく微笑（ほほえ）む誕生と豊穣（ほうじょう）の女神マーテルの像。舳先（へさき）に立つ海商の衣をまとった長身の青年の後方には、見覚えのある誇り高い漆黒（しっこく）――キントハイト国騎士団の軍衣（ぐんい）をまとった男たち。

想定外の展開に呆気（あっけ）にとられているうちに、ユミルの帆船はみるみる距離をつめると、弧を描く形で船先を並べるなり縄を放つ。

心得たとばかりに自船の青年騎士たちが受けとった縄を係留し、それを支えに渡し板がかけられ、軍衣の集団が次々に乗りこんできた。まるで海賊が商船を拿捕するごとき手際のよさに、ただ呆然と眺めていると、ユミルが上着を舞わせて甲板に降り立つ。

耳下までの髪を海風になぶらせたキントハイト国騎士団副団長は、自身を見つめているニナの存在に気づくと、細い目をそれとわかるほど見ひらいた。

「……意味がわかりません。いちおう確認しますけど、ここって海上ですよね？　妖精さんにはやはり透明な羽根が？　それとも遭難した王子さまを助けにきた、可愛い尾びれで泳ぐ人魚としての昔話的なあれですかね？」

真剣なのか冗談なのか判別できない物言いに、リヒトは少し眉をひそめて言う。

「相変わらずニナの可憐さを表す技術は一級品だけど、意味不明なのはこっちだって。決勝の相手隊が乱入とか予定とちがい過ぎ。おかげでおれたちを船に誘いこんだ、夫人杯の主催者の豪商――〈連中〉の計画の〈首謀者〉を見失っちゃったし。切れ者って受け売りはどうなってるわけ？　あんたから読みをとったら、ただの嫌みで底意地も悪い、油断も隙も良心もない異国の細目な副団長なんだけど？」

「あらら。意外と的を射た観察眼ですね否定の言葉が出てきませんね。雑魚の相手隊は鮫の餌でいいですが、豪商を装った〈首謀者〉をふくめてあとはまとめて捕まえましょう。

猟師小屋では遅れを取りましたが、ここは逃げ場のない海上です。面倒なお膳立てをして海賊まがいの真似までしたんです。人も持ち物もなにもかも、すべて〈連中〉につながる大事な証拠品ですから」

そのやりとりに、ニナははっきりと面食らう。互いがそこにいるのは当然といった態度や、〈首謀者〉に〈連中〉という言葉の数々。

思い返せばリヒトと隊を組んだ青年騎士たちも、ユミルの出現に戸惑う素振りも見せず船の接舷に協力していた。あるいはこれはカルラ・ロッテ夫人杯に優勝した件もふくめ、それこそすべてが最初から仕組まれた〈計画〉なのだろうか。

そんなことを考えているうちに、キントハイト国騎士団員は大剣を抜き払い外套の男たちに向かっていく。

ニナはあわてて、ユミルに走りよった。

「あの、ユミルさん、ちらりと見ただけですが、外套の人たちが使っている大剣は例の密造剣かも知れません。曲刀やリヒトさんの武器が、折られてしまって」

「目端の利くお利口な子兎さんは好きですね。でもご心配は無用です。ちゃんとそなえてありますから」

ユミルは近くの団員を呼びよせて大剣を受けとる。南方地域の太陽に輝く刀身は、ひときわ澄んだ光沢の白銀。

　まさかと息をのんだニナに、薄く微笑んだ。

「密造品じゃないですよ？　正規のって言葉の使い方が微妙ですが、正規の散逸品です。これだけまとまった数を確保するのは大変でしてね。イザーク団長から本国の国王陛下に〈おねだり〉も可能ですけど、面倒なお偉方もいるので海商の真似事で用立てを。副団長ってほんと、いろんな仕事があるんですよ」

　すまし顔で告げると、海上戦闘はお任せします、と大剣をリヒトに放り投げ、自身は団員に指示を出す。正確に淡々と獲物を捕らえる姿は、〈黒い狩人〉の手足として競技場で相手騎士の命石を落とすのと変わらない。

　武器と数の有利を失い一人、また一人と拘束されていく外套の男たち。自分が動く必要はなさそうだと判断したニナは、小屋の脇にある搬入口付近にようやく戻る。

　積みあげられた麦袋の裏。膝を抱えて座っているメルに近よると、柔らかい声をかけた。

「もうだいじょうぶです。とても心強い援軍が来てくれました。甲板が落ちついたら帰港できると思いますので、メルさんの予定が平気なら、南広場の医薬品のお店に行きませんか？　わたしの説明が不十分だったかも知れないし、後頭部の炎症を直に診てもらった方が、効果のある薬を調合していただけると思うんです」

手を差しだすが、メルはただぼんやりと見あげてくる。

寄る辺ない子供のような雰囲気が心配になり、ニナはその横に膝をつくと、背中に腕をまわして立ちあがらせた、そのとき。

「――!?」

白銀の髪が舞い、剣風が大気を切り裂く。

驚愕に息をのんだニナの目の前で、海鳥のごとく飛んだメルが大剣を真っすぐに突きだしていた。

冷たく細められた硝子玉の目はニナの背後を射ぬいている。

弾かれたように後ろを向いたのと、赤い飛沫が散ったのはほぼ同時。

積荷の搬入口を使って階下の船倉から忍びよっていたのか。カルラ・ロッテ夫人杯の主催者である豪商――外套の男たちを操っていた〈首謀者〉は、ニナに斬りかかろうとした姿勢のまま、メルの剣を腹に受けて目と口を大きくあけている。

全身を激しく痙攣させ、足をもつれさせた身体は背後の搬入口へと落ちた。

自分を探しているリヒトの声を耳に、ニナは呆然と、血に濡れた大剣をだらりとさげたメルを見つめていた――

歯で嚙みちぎるなりふわっと広がる香ばしい触感。柔らかい生地に包まれた酸味のあるジャムを、甘い粉砂糖が優しく引きたてる。

初めて口にするクレプフェンに青海色の目を輝かせたニナに、隣で食べていたリヒトが嬉しそうに顔をほころばせた。

「よかった。王都ペルレでも大市で売られるときがあるけど、シレジア国の風味とは少しちがってさ。だからジェレイラに来てこの屋台を見つけて、生地の卵加減やジャムの煮詰め具合が本物だって感激して。帰国するときはニナへのお土産にしようとは思ってたけど、やっぱり出来たての方が美味しいからね」

粉砂糖のついた指先をぺろりと舐め、リヒトは屋台の少年に声をかける。

香ばしく揚がったクレプフェンを中身のジャムに応じて十個ずつ。故郷の味には滅多にお目にかかれないのは本当なのか、リヒトの買いっぷりは大胆だ。旅用外套に背中には荷物袋。船上での大捕物から三日後の今日、リヒトとニナは遠征を終えてリーリエ国への帰国の途につく。

ユミル率いるキントハイト国騎士団により、船倉にひそんでいた外套姿の連中を制圧した一行は、襲撃の道具とされた帆船ごと船着き場へ帰港した。

沖合で接舷し海賊まがいの白兵戦を繰り広げている二隻の様子に、付近を航行中の海商から急報を受けたのだろう。桟橋にはすでに街所有の帆船で出航準備をしていた警吏や、戻らないニナを案じて探していたベアトリスらの姿があった。

他聞を憚る硬化銀製武器の絡む一件につき、リヒトと六人の青年騎士——その実はキントハイト国騎士団の新人団員は、あくまで被害者として説明した。発端はカルラ・ロッテ夫人杯の主催者である豪商に腕を見込まれ、警備として破格の条件を提示されて船に案内されたところ、鼻傷の男たちが唐突に乱入してきたあげくに、船倉に隠れていた外套姿の集団に襲われた、との次第。

その主催者が外套の男たちを使い、リヒトら夫人杯の優勝隊の抹殺を目論んでいた真実は話さない。陰謀を事前に察知して逆手にとり、夫人杯の参加も勝利も〈連中〉を確実に捕まえるための計画で、船上での襲撃を予測して話にのったことも明かさない。〈海商ユミル〉はあくまで偶然、航行中に不審な船を見かけて救助に入ったと話を合わせた。

ここ二、三年ほど南方地域において有力騎士隊が襲われる事件が頻発していたが、大会の主催者である豪商が関与していたことが発覚したのは初めてだ。

高額賞金の競技会は多くの騎士を街に誘引し、滞在時に落とすお金や見物人の集客に貢献してくれるが、安全が確保されていなければ意味がない。おかしな風評が立てば競技会の運営自体に悪影響を及ぼす不祥事ということで、街は見舞金という名前の口止め料をリヒトたちに提示し、今後の調査を約束した。

内密に事を収めようとする姿勢ほど、相手としたときに有利な条件はない。情報収集を専門とする副団長ユミルがどんな交渉をしたのかは知らないが、接舷した際の自船の損傷や交易品の荷崩れに、時間の浪費による相場の変動への補償――競技場で相手騎士の命を奪うのと変わらぬ周到な弁舌で、襲撃者の尋問への同席や物証である〈奇妙に切れ味のいい大剣〉の処遇等々、おおよそのことがユミルの希望にそった形で決着したらしい。

また帆船に乱入してきた鼻傷の男たちは、優勝隊の賞金の奪取を目論んだ正真正銘の〈海賊〉だった。別の港街でおたずね者になっていたらしく、捕縛への協力として懸賞金が支払われる次第となったが、ベアトリスは仏頂面で拘束されている鼻傷の男に、たいした男前になったわね、と艶然と笑った。

ただ唯一、不本意な結末となったのが夫人杯の主催者であり、陰謀の〈首謀者〉でもあった豪商の死だ。

ニナの危機を察知したメルが咄嗟に出した大剣により、積荷の搬入口に落ちた豪商は、自身の剣で自らの身体を損傷する結果となった。船倉への落下の際に複数の太刀傷が刻まれたことで、どれが致命傷となったかもさだかではない不幸な事故。

背後で大剣を振りあげていた豪商は、陰謀の破綻で自棄になりニナを殺めようとしたか、あるいは人質にとり活路を見出そうとしたのか。いずれにしてもメルが対処しなかったら、ニナが無事で済んだ保証はない。

船に潜伏していた外套の男たちは、すべて高報酬で雇用された街の無頼者だった。事件の全容を知るだろう豪商の死は痛手だが、メルの行動を非難するのはあまりに酷だ。状況を問いただす警吏に、庇われた形のニナが必死で弁明し、ベアトリスや赤毛たちもまた行為の正当性を剣帯に手をかけて訴えた。

むろんのこと罪は加害者である豪商側にあり、メルが処罰されることはなかったが、人の死に動揺する様子もなく静かに佇む少女を、ユミルは細い目に剣身に似た閃きを浮かべて見すえた。

聴取を終えたメルは翌日に街を発った。

宿屋に挨拶に訪れた彼女に、ニナは滞在中の世話と船で助けてくれたことに感謝し、自分のせいで辛い経験をさせたとあらためて詫びた。無言で首を横にふったメルは、またね、元気でね、と別れを惜しむベアトリスらに見送られ、白銀の髪と外套を海風になびかせて去っていった――

クレプフェンの屋台の前に立ち、ニナは南広場でも医薬品の店舗(てんぽ)がある一角に視線を向ける。港街ジェレイラで出会った不思議な少女の面影(おもかげ)を切なく心に描いていると、店番の少年が大きな紙袋をリヒトに渡した。

背中の荷物袋をおろしていそいそとなかにしまう姿に、少年は残念そうに言う。

「悪いね。せっかく出立(しゅったつ)まえによってくれたのに挨拶もできなくて。母さんいま港前競技場に配達中でさ。父さんが死んでから働きづめだったけど、にーちゃんが店を手伝ってくれてたあいだに静養できたのがよかったみたい。すっかり元気になって、出店許可代の借金を返すためにがんばって稼(かせ)ぐって、すげえやる気になってて」

「いいのいいの。ただの疲労でも無理をかさねると本格的に身体を壊しちゃうし、体調が回復したならおれも安心。久しぶりに懐かしい味が食べられて本当に嬉しかった。……あ、これ代金ね。店番のときにつまみ食いしたぶんも入れてあるからさ」

お母さんによろしく、と小さく笑い、リヒトは剣帯の脇にさげた小袋を屋台に置く。

ずしりと鳴った金貨の音と布の膨(ふく)らみ。手にした少年は想像以上の重さにぎょっとし、中身を見て目を丸くする。ちょっと、にーちゃんこんなに、と声をあげたが、リヒトはすでにニナを連れ、雑踏のなかで手をふっていた。

南広場を出た二人は大通りを北へと向かう。階段や坂を避けるため、馬をともなったベアトリスらは路地を大回りするので、狼煙台に近い街外れで合流することになっている。

二カ月近く滞在したジェレイラの街を名残惜しむように眺めながら、なんとなく無言だったリヒトは不意に口を開いた。

「……領地の件でお金を稼ぐために来てるのに、誰かを助けてる場合じゃないって、おれもわかってるんだけどさ」

「リヒトさん……」

「ただ似てたから、ちょっと懐かしくて。シレジア国にいたころのおれと母さんに。配達の途中で貧血起こした母親の方をたまたま見かけて、屋台まで連れ帰ったら血相変えた男の子が飛び出てきて。戸籍のない異国人が商売するにはよけいなお金がかかるし、無理して働いて身体を壊して、医師にかかる代金もなくて行き詰まっちゃう。よくある悪循環。おれの母さんもそうだったから」

貧民街で生活していた当時を思い浮かべているのか、リヒトはしみじみとした口調で言った。

――ユミルから聞いた看板娘云々は、結果的にまったくの嘘だった。

〈連中〉を確実に捕まえる計画のためには餌としての優勝隊が必要で、お金を必要としていたリヒトに協力を打診し、本国から同行した新人団員と〈青年騎士隊〉を組ませた。実力的に勝利はまちがいないと計算していたが、ベアトリスが想定外に調子が良く、リヒトがニナと対戦した場合に平静を保てるかも心許ない。

　そこでクレプフェンの屋台での遭遇を利用して、夫を海で亡くした年若い母親と息子を、父親を失った姉弟に。動揺を誘って敗退をうながす、典型的な揺さぶりだった。

　すみませんねえ、でもこちらも非常時で、とけろりとした顔で謝ったユミルだが、不貞を想像させる虚言への衝撃や散々な競技内容を思うと、そうですかと流せる心境にはとてもなれない。また硬化銀製武器の一件はニナとて関係者であり、船上の大捕物をふくめて、微力でも力添えさせてもらいたかった。

　そんな視線で見あげたニナに対し、あなたがおかしな人形を拾うからですよ、と鼻を鳴らしたユミルは、〈さまざまな〉情報収集のため、この先は東方地域を周航する予定とのことだった。

　リヒトは、んーと背伸びをする。

　夏めいた陽光に眩しげに細められた目が、ふと道の端に向けられた。

　大通りを囲む建物のあいだに見える薄暗い路地。通行人で賑わう明るい喧噪とは対照的な、まえにニナが迷いこんだ治安の悪い界隈に通じる道には、薄汚れた服装の少年がいる。

日除けの街路樹に痩せた身体を隠し、少し先の軽食の屋台をじっと眺めている姿に、リヒトは短い息を吐いた。

見ちゃったら仕方ないよね、と外套のポケットから金貨袋を取りだす。中身の半分をポケットに戻して、軽くなった袋を手に少年に歩みよると、長身を屈めて差しだした。

おどろいて身を引き、警戒の表情で見あげてくる少年に、気安く笑いかける。

「こういうときはね、さっと奪いとって、ぱっと逃げだすのが正解」

「──え？」

「なかには親切面して近づいて、子供を捕まえて売り飛ばそうって悪い奴もいる。自分や仲間を守りたかったら、お礼も遠慮もしちゃ駄目だ。小さな身体を利用して、大人が追ってこられない路地や建物の隙間を全速力で走る。ざまあみろって笑って、お腹いっぱい食べて今日を生きる。ね？」

少年はわずかに目を見ひらく。

一見すると裕福な貴族子弟に思える青年の、新緑色の瞳の奥になにを見たのか。汚れた手をそろそろとのばし、差しだされた金貨袋を引ったくるなり身をひるがえした。路地の奥に駆け去っていく後ろ姿に、リヒトは眉の上に片手をかざすと、お、いい足だね、と感心する。

突然のやりとりに困惑し、離れたところで待っていたニナのもとに戻る。物言いたげな視線で見あげられ、リヒトは少し迷ってから口を開いた。

「なんていうかな。屋台の親子じゃないけど、おれ、見ちゃったら助けようって、そう決めてるの」

「見ちゃったら助ける？」

「うん。積極的に探してとかじゃなくて、文字通り目の前にいたらの運任せだけど。王都でも地方の街でも、困ってる子供を見たときは手を差しだそうって。貧しいならお金をあげたり、必要なら店の手伝いをしたり。……もちろんそれで救えるなんて思ってない。国家の施政や社会制度を変えるとかしなきゃ、根本的な解決にならないのは理解してる」

「リヒトさん……」

「でもおれ自身も、気まぐれの施しで命をつないだときがあった。貧民街に暮らす子供が、その日一日を生きるのでさえ困難なのはわかるし、守れなかった存在への贖罪っていうか、過去の自分にかさねてるだけっていうか。まあようするに、感傷的な自己満足？　おかげで騎士団に入って六年目なのに、まとまった貯金はないしクーヘン代に困る月もあるし。……ああそっか、この点はお買い得じゃないかも？」

軽口めいた自嘲が、ニナの胸に突き刺さる。

リーリエ国騎士団の給金は他国にくらべて高額ではないらしいが、一般的な庶民の倍近い月収が支給されている。それなのに満足な貯蓄がない状態なら、リヒトがいままでに何十人なのかそれ以上か、偶然に見かけた子供を助けてきたということだろうか。

だけどリヒトはそんな行動を自己満足だというのか。屋台を手伝って多過ぎる額の代金を払ったことも、走り去った薄汚れた服装の少年にあげた金貨も。彼らを本当の意味で助けることなどできない。ただ一時的に、無力だとわかっていて、ささやかな施しをしているだけだと。

——こんなに好きになって、ごめんね。

船倉で言われた言葉がふとよぎる。

恋情を捧げながら、けれど切なさに満ちた告白。

——駄目なおれが、なにもできない、救えなかったおれが。

——こんなに好きになって、ごめんね。

紡がれなかった声が聞こえた気がした。甘く端整な容貌と庶子ながらリーリエ国王家に連なる高貴な身の上。白百合を守る国家騎士団員としての実力をそなえ、人懐こい明朗さで誰でも魅了しそうな彼の奥底にある、己への諦めの眼差し。

——リヒトさんは、どうしてそんなにご自分を。

ニナはいつしか、強くにぎった手で胸をおさえていた。眉をきつくよせて、青海色の目にもどかしい悔しさを浮かべる。

リヒトがなぜ自分自身に対して空疎な視線を向けるのか、ニナには理解できない。だって自己満足でも小さなことでも、あのときのニナに気づいてくれたのは、ほかの誰でもないリヒトただ一人だ。

ちょうど一年ほどまえの村の仲間と参加したヨルク伯爵杯。キルヒェムの街で人混みにまかれて買い物に困っていたニナに、リヒトは気軽に手を差しだした。

あまりに自然に、彼にとってはとくに悩むまでもない日常だと言わんばかりの態度で。必要なものを聞いて注文まで付きそって、小さな子供だとかんちがいして手伝いを褒めて、迷子を案じて同行まで申し出てくれた。

いまでこそリーリエ国の国家騎士団員として軍衣を許され、他国の騎士団長や王族とも言葉を交わせる立場になれた。故郷の村人の多くは過去の忌避などなかった顔でニナを賞賛し、〈赤い猛禽〉を倒した〈少年騎士〉として、競技場で歓声を浴びたこともある。

だけどあの出会ったときのリヒトは、出来そこないの案山子に過ぎなかった自分に声をかけたのだ。群衆の誰一人からも見向きもされなかった、まだなにものでもなかった小さなニナに、太陽に似たとびきりの笑顔を見せてくれた。

ちっぽけな存在に見返りもなく手を差しのべられる、そんなリヒトが無力であるはずがない。本人が諦めて手放していても、あのときのリヒトはまちがいなく、優しくて親切で、そして強い心を持った騎士だった。

顔をゆがめて目を潤ませたニナに、気づいたリヒトが表情を変える。

え、どうしたの急に、とのぞきこむと、ニナはやがて、目をしばたかせて告げた。

「……リヒトさんは、こ、こんなおれじゃ、ありません」

「え？」

「リヒトさんは、親切で優しくて面倒見のいい、素敵な人です。時々は失敗をしたり、まちがっても、そ、そんなのはみんな同じです。ほかの誰が否定しても、火の島(イグニス・インスラ)中の人がちがうと言っても、リヒトさん自身が首を横にふったって。……でもわたしはリヒトさんがいい人だって、そう、信じています」

「ニナ……」

こみあげる涙をこらえて唇を引き結ぶ。微(かす)かにあふれた涙粒を頰(ほお)にこぼれさせた姿を眺め、リヒトは切なさに眉をよせた。真面目(まじめ)で純真で、青く澄んだ目のような恋人。自分はニナが思ってくれるほどの人間では決してない。

仲間を失ったあの日、悲しい星空を眺めるしかなかった無力な存在だ。外見をいくら取りつくろっても、背中には雄々しく空を駆ける翼などない。ずるくて汚い部分も、情けなくて弱い部分もたくさんあって。話していない過去も、伝えたくない後悔もあって。

そうだけど――それは事実なんだけど。

「……なんか不思議。ニナが信じてくれるなら、おれ、なんにでもなれる気がする」

「なんにでも？」

「王子さまでも海賊でも、大商人でも屋台の店主でも拉致監禁犯でも。自分のために泣いてくれた恋人が好きでたまらなくて、胸が苦しいほど愛おしくて、いつでもどこでも触りたくて、駄目だって思うけど我慢がきかないおれとか――って、それはもうなってるか」

ふわりと笑って身を屈めると、愛らしい唇にキスを落とす。

ぎょっと肩を跳ねさせたその唇にもう一回。真っ赤になった顔に色づく唇にさらに一回。

思わず制止した小さな手をつかんで、あわてた唇にふたたび一回。

「リ、リヒトさん、あの、ここ、道の真ん中で……！」

「船倉でもらいそこねた、最高に可愛い〈頭突き〉のお礼。おれのは利息をつけて返すって言ったでしょ？　……あ、待ってこれ止まらないやつだ。やっぱり別離最高記録の反動があるのかな。ごめんね。おれちょっともう――」

「ごめんって……んっ」

深くなった口づけに、目をつぶったニナの頬を包む大きな手。おおいかぶさる胸を必死に叩くもびくともせず、じたばたと暴れた足から次第に力が抜けていく。

午前の鐘が鳴ってまもない港街ジェレイラの大通り。雑踏のなかで突如としてはじまった、恋人たちの恋人ならではの愛の表現に、はやし立てるもの口笛をふくもの、頬を赤らめてささやきあうもの。

羞恥(しゅうち)を呼び起こす衆目(しゅうもく)の気配を感じながら、惜しげもなく与えられる愛情を唇に受け、もう回数さえかぞえられない。

言葉や思いをこえた、けれどそのものである温かな交わりは、なかなか来ない二人を案じたベアトリスがあらわれ、なにやってるの、海に沈めるわよ、と義弟の頭を殴(なぐ)るまでつづけられた。

終章

「ですから、その、人前でなんというか、く、くっついたり、〈そういう行為〉は、やっぱりよくないと思うんです。恥ずかしいし、いたたまれないし、もちろん、それ自体が嫌とかでは、ないのですが」

　本音を明かせば口に出すのも憚られる。けれどここで伝えなければ、ずっとあの羞恥に耐える日々がつづくのだと、ニナは必死に訴える。

　リーリエ国は王都ペルレ近郊。迷いの森に抱かれる団舎ことヴィント・シュティレ城の食堂。昼食が終わってまもない長机にリヒトと向かい合わせで席につき、相談しているのは恋人としてやめてほしい行動について。

　大切な決め事をする二人に遠慮してか、それとも話自体がある意味で聞いていられないほど〈そういう行為〉か。団員たちは遠巻きにハーブ茶や麦酒をかたむけ、ダイス遊びに興じたり並べた椅子の上で昼寝をしたり、思い思いに食後の休憩をとっている。

「節度というか、た、たしなみというか。周りの人にも迷惑だし、時々はそんな恋人同士も街中にいますけど、それにしてもリヒトさんのはちょっと。申しわけないですけどかなり、規格外に度が過ぎてると、そう思って」

言いつのるニナの脳裏に浮かぶのは数々の羞恥の記憶だ。

千谷山で再会した城塞での出来事に、マルモア国との親善競技。港街ジェレイラの大通りでの一件と、もっとも新しいところでは南方地域からの帰国の途。

五月の下旬。遠征を終えてマルモア国騎士団の女騎士らとタルピカ国を発ったニナだが、避ける理由がなくなったからと、当然の顔で同行したリヒトの接触行動はそれは酷いものだった。

馬の相乗りは己の前に乗せて抱えこみ、騎乗なのか抱擁なのかわからない状態。休憩時や宿場では、手をつないで肩を抱いて片時も離れない。事あるごとに頬をなでて指先に唇を落とし、じっと見つめては好きだ可愛いを連発する。

本人いわく不本意な最高記録という別離期間四十六日の影響だろうか。真っ赤な顔で縮こまるニナの姿に、いい加減にしなよ、嫌われるよ、恥ずかしい男だね、可哀想だろ、とマルモア国の女騎士に非難と呆れの目を向けられても、どこ吹く風の完全無視。

やがては恐ろしいことに周囲がその状況に慣れ、国境の街道で別れるころには、ニナを抱きあげたリヒトと平然と挨拶が交わせるほどの空気となっていた。怒られるうちが花とはよく言ったが、膝にのせたニナの髪を弄ぶリヒトとマルモア国騎士団が、戦闘競技会における補助役の訓練法を真剣な顔で議論できる状態を、どう理解したらいいのか。

嫌なことは嫌だと主張するのが当然だと赤毛の女騎士は助言してくれたし、リヒト自身も軍衣の件で強要した己を悔いていた。ここは取り返しがつかなくなるまえに行動すべきだと、帰国して生活が落ちついてきた今日、折り入ってご相談が、と切りだしてみたのだが──

「リヒトさん、どうしてそんなに、嬉しそうなんですか？」

目の前で頬づえをついた恋人が満面の笑みを浮かべているのに気づき、ニナは少し眉をひそめてたずねる。

貴族的にととのった顔を両手にのせ、リヒトは新緑色の目を幸福そうに細めると、甘くとろける声で言った。

「いや、恥ずかしいのと遠慮をぐっとこらえて必死に意見するニナって、健気ないじらしさに表情筋がゆるんじゃうほど可愛いなって思って」

「……あの、わたし、真剣に、話しているん、ですが」

「あ、怒った？　うわ、ちょっとむっとしてるニナなんてすごい希少価値！　膨らんだ頬とへの字にした唇が最高にたまんないって――あれ、こんどは悲しそうな顔に。嫌だな。大事な恋人の言葉だもんちゃんと聞いてるよ。ニナの愛らしさに本能がお仕事しちゃっただけ。うん。恋人が真剣ならおれも真剣に答える。……あのね、いまの主張や気持ちは理解できるんだけど、人前で触るのはわざとで、実はニナのためなんだよ」

　思わぬ返答に、ニナはえっとなる。

　あの顔から火が出て下腹部が痛くなる、気の遠くなるというかいっそ意識を手放してしまいたい数々の〈そういう行為〉の、いったいどこが自分のためだというのか。

　疑いの視線を向けると、姿勢を正したリヒトは真摯な表情を浮かべてつづける。

「まず前提としてね、おれは極めて普通の健全な青年だよ。倫理観が古代帝国なロルフみたいのは特殊で残念な少数派っていうかさ。ちょっとの加減で簡単に理性が飛んじゃうし、飛んじゃってもむしろ将来を約束する口実になるから好都合とか思ってるし。そんなおれがニナと二人きりで〈そういう行為〉をしたらどうなると思ってるの。いまさらだけど船倉でのとき、あの女の子が邪魔しなきゃ危なかったんだから。責任はもちろん喜んでとるけど、いちおうはおれ、ニナとは段取りを大事にしたいんだよ。婚礼衣装だって新居だって用意してないのにさ」

「婚礼衣装と新居……？」

「でもさ、人前だったら仮に暴走しても、無粋な兄とか容赦のない義姉とか、誰かが物理的方法で止めてくれるでしょ。つまり衆目はニナの身を守る〈盾〉なんだよ。……まあ場所によっては牽制の意味もなくもないような、わりとあるような？　ともかく誰もいないとこで〈そういう行為〉なんて危険すぎ。ニナはもっと自分を大切にした方がいいと思うんだ」

堂々としたリヒトの主張に、ニナは困惑に瞳をゆらした。

発言内容は理解不能だが、自分の身がなんらかの観点で危ないのは嘘ではなさそうだ。リヒトはだから人気のないところではなく、あえて人前で〈そういう行為〉をするらしい。だけど、かと言ってそれでは。

ニナは情けない顔で訴えかける。

「で、でもあの、リヒトさんのお気づかい？　は、ありがたいのですが、やっぱりわたし、どうしてもああいうのは。は、恥ずかしくて」

「そっか。まあニナは可愛い小心だし、人目は無視できないかもね。おれもよけいな負担をかけたいわけじゃないし、じゃあこうしよう。一日の〈そういう行為〉の回数を、十回から九回に減らす。それならどう？」

「十回を九回って……ほとんど変わらない気が……」

「だったら特別に八回。いやいやここは大事なニナの懇願だし、大負けにおまけして七回。すっごく辛いけどおれも譲歩する」

十回から七回に、とニナは眉をよせてくり返す。

それでも多い気はするが九回よりは少ない。ニナに避けたい行為があるように、リヒトにも譲れない部分はあるだろう。それを踏まえれば一方的に主張を押しつけるのは我儘だし、互いに尊重しあってこその恋人同士だ。

わかりました、ではそれで、と複雑な気持ちをのみ込んだニナに、リヒトは満面の笑みを浮かべる。

その後ろに黒い尻尾が躍ったのは気のせいか。契約成立だね、と、卓上でにぎられていたニナの手を取り、指先に口づけた。途端に真っ赤になる恋人に、今日の七回のうちの一回目ね、と目を弓なりにさせる。

離れた長机で一部始終を眺めていた中年組は、痛ましそうな顔でニナを見ると、首を横にふった。麦酒の杯に手をつける余裕もなく、副団長としての提出書類に羽根ペンを歩かせていたヴェルナーは、しみじみとつぶやいた。

「……商売上手だな。無理筋な提案をしてから条件をさげて、譲歩したと思わせて実は最後が本命だっていう交渉の常套手段だ。そもそも基準の十回自体が非常識に多いだろうによ。あいつ、騎士団を追いだされてもそっち方面で大成しそうっつうか、実家の酒場に勧誘してえな」

「同感だな。わしも郷里の武具屋に斡旋したいが、話術と人当たりの良さを考えれば詐欺師が最適か。それにしても愛と平和の女神シルワの恵みはまったく偉大だよ。港街まで導いたのはわしだが、糸を引き合わせてことを運び、〈連中〉の件をふくめたさまざまな問題に道筋をつけてくれた」

　対面の席でハーブ茶をかたむけていた団長ゼンメルは、納得したふうに白髭をなでる。

「見た目は完璧な甲冑でも思わぬ不備が隠れている場合もある。その不備はときに命取りになろうが、調整次第では甲冑自身も気づいていなかった性能を発揮する。己の最適解にたどりつくのもまた、嵐を跳ねのけて国を守る姿勢と等しく、それぞれの知恵と勇気かも知れん」

　そう告げて、いまだ調整中の新副団長が記載している報告書の不備を、とんとんと指先で叩く。両手を頭にやってかきむしったヴェルナーに薄く笑い、団長と副団長の定位置である長机の背後の、壁に掲げられた団旗を目を細めて見やった。

　国章である白百合を毅然と守る、豊かに茂るのは騎士団を表すオリーブの葉。本来であれば風雨とは無縁の花園で微笑んでいた〈金の百合〉は、けれど泥を経験して雄々しく頭をあげ、豪奢なドレスを舞わせて大剣を振るう己を選んだ。

　南方地域の遠征から帰国した王女ベアトリスは団長ゼンメルに報告を済ませ、中年組が青ざめて制止する間もなくハンナの料理を平らげると、夜の鐘のまえには寝台に入ってぐっすりと眠り、翌日から快活に動きだした。

〈火の島杯〉に向けた模擬競技の日程と王女としての予定に優先順位をつけて、時間と体力の許す範囲で適度にこなす。〈銀花の城〉と団舎を往復する多忙さは一見すると以前と同じだが、無理な責務には正直にその旨を告げるなど、できない自分を否定しない姿勢は柔軟性と落ちつきを生んだ。いい意味で肩の力が抜け、王城では持ち前の明朗さに安定感が加わり、競技場では華麗な剣技は変わらないながら、失敗しても貪欲に取りもどす粘り強さが加わった。

　また戦争の代わりである裁定競技会は勝利すれば益を生むが、騎士団員の負傷をふくめ、当該国にとって少なからず禍根を残す。その前段階の話し合いで解決するには日頃の対応が大切だと、諸外国との友好関係を重要視。美麗な容姿で交渉の華となるだけでなく、積極的に親睦を深める姿勢は貴族諸侯に評価された。

　外務卿への就任を打診されたとも聞く彼女は、本日はナルダ国新王の使節と面会しているが、求婚の話の顛末は誰も知らされていない。なお南方地域で無頼者に断たれた金の巻き毛は、肩の上あたりで綺麗に切りそろえられた。華やかな容姿を柔らかく包む黄金は大人びた風情を与え、美貌を愛でる父国王も理想の王女を望む女官長も、妙齢の女性らしい典雅な美しさにじゅうぶん満足したらしい。

　大きく花開こうとしている義姉に対し、弟のリヒトは〈ラントフリート〉の領地についての問題で、南方地域で稼いだ資金を元手に徴税卿と協議。夫人杯に加えて海賊捕縛の賞金を得たおかげか、数年程度の分割返済をどうにか承認された。

　兄王子や彼を〈黄色い鼠〉扱いしている貴族たちは、代官の不正を看過した失態をそれ見たことかと嘲笑した。酒場生まれの庶子には領地運営などできぬと嫌みの嵐を浴びせたが、リヒトはいっさい弁解しなかった。

　父国王と行政の専門卿らが集まる会議にて経緯を報告し、毛を逆立てた野良猫さながらのいままでの態度とは一変、すべて自分の責任だと頭をさげた。同時にようやく父国王に届いた王子位返上願いについては、王位継承権にも関わる問題であり、国王や宰相である上の兄王子らが対応を相談する次第になっている。

　武具屋生まれの団長ゼンメルにとって、団員はある意味で武器だ。戦闘競技会の勝敗がそれら武器の共鳴の結果だとするなら、個々の資質の向上は騎士団の利益であり国への貢献といえる。成長は火の島杯に向けた戦術を思案する糸口となり、流動的な変化に対応するには知恵を使うが、出場騎士を組みたてる側としては、新しい発見に恵まれた嬉しい苦労だ。

ゼンメルはしみじみとした気持ちで息を吐く。鼻の上の丸眼鏡(まるめがね)をかけなおすと、ふたたび見つけた報告書のまちがいを、職人らしい長い指でつついた。

一方のリヒトは手に入れた美味(おい)しい権利をさっそく行使し、つかんだニナの手首にキスを落としている。

あっさりと罠にかかってしまった、涙目で唇を結んでいる迂闊(うかつ)な恋人。これで二回目ね、と上機嫌に微笑んだ頭を、近くの長机で食器を片付けていたハンナが唐突(とうとつ)に殴(なぐ)った。

「――――!」

命石(めいせき)など素手で粉砕(ふんさい)できるだろう肉厚な腕の、前触れも容赦もない一撃。

瞬間的に意識が遠のきかけ、なにすんの、花畑が見えたじゃん、と悲鳴をあげたリヒトに、ハンナは汚れた大皿の山を軽々と抱えて言う。

「まったく手癖(てくせ)の悪い野良猫だね。いくら〈初めて〉だからって、舞いあがるのもいい加減にしなよ。あんたがおチビさんを振りまわしたせいで、ここんとこ前掛けを投げる余裕もないじゃないか。これ以上うちの新人に負担をかけたら、今年の夏は洋梨のゼリーもチェリーパイも黒スグリのタルトも、いちどだってつくってやらないからね」

「まえにも言ったけどうちの新人はこっちの台詞なの！　それに〈初めて〉ってなんだよっていうか、そのお菓子っておれの好物じゃん。覚えててくれて感激だけど攻撃に使うなんて反則――ねえまだ話の途中なんだけど！」

　怒られた子供よろしく両手で頭をおさえたリヒトを無視し、ハンナは雌鶏のごとき腰をゆらして調理場へと戻っていく。

　団員たちは怪訝そうな顔を見あわせた。

　初めてとはどういう意味かと首をひねる彼らに対し、オドとダイス遊びをしていたトフエルが、あ、おれわかった、というふうに丸皿に似た目を見ひらく。

　肝心なときに目端がきくという悪戯妖精は、意味ありげな笑いを浮かべると、食堂の面々を見わたして言った。

「つまりさ、リヒトが王都で腕にぶらさげてたおねーちゃんたちと、小さいのじゃ、同じ付き合うでも意味がちがうってことじゃね？　いっぱしに経験をかさねたつもりでも、こういう恋人関係は実は〈初めて〉。だから馬鹿みたいに浮かれてまとわりついて、非常識な行動も失敗もしたって感じ？」

　その指摘に、一同はあーという顔をする。

　たしかに娼館の魅惑的な女性と妻や恋人をくらべれば、同じ好きでも微妙に意味合いが異なる。リーリエ国騎士団員として競技場を雄々しく駆けて命石を奪う彼らでも、本当の意味で心を捧げる相手に対峙したときは、リヒトほど極端ではないにしても、最初から完璧な騎士でいられたわけではない。

なるほどな、つうかトフェルって〈その手〉の話ねーよな、と声を交わす中年組に対し、リヒトはどこか呆然とした表情をしている。

「……そっか。だからおれ……」

遠慮があった出会った当時こそ均衡を保てていたけれど、気持ちを分け合ってから、自分の行動がさすがに過剰だとは思っていた。好きになった理由を考えれば無理もない部分もあって、でもそれにしても相手の存在がすべてを奪ってしまう、抗いがたい感覚はなんなのだろうと。

だけどそれは〈初めて〉だったからで、ならばやっと理解できる。常識も理性も消し去り、ただ唯一のひとりが世界を満たしてしまう甘い現象。なまじ経験があると過信していたせいで気づくのが遅れた。そんな自分が情けなく、だけどニナが最初のその人であることが、面はゆくも幸福で嬉しい。

うつむいて赤らんだ頰をかいたリヒトに、ニナがきょとんと首をかしげた。

「……ぶらさげてたおねーちゃんたち？」

リヒトは椅子を大きく鳴らして立ちあがる。

真っ青になり、ちょ、ま、いや、なんていうかちがうの、事実は事実だけど、それはあくまでニナと出会うまえの、若気のいたりっていうかいまでも若いけどそうじゃなくてね――必死に弁明する恋人に、ニナは感心した顔で告げる。

「リヒトさんって、やっぱり力持ちなんですね」

「え、ち、ちから？」

「だって、腕に女性をぶらさげて歩けるなんてすごいです。だからあんなふうに軽々と、重い凧型盾を扱えるんでしょうか。騎士団の訓練だったのですか？　何人くらい運ぶことができたのでしょうか？」

期待に満ちた青海色の目を向けられ、リヒトは罪悪感と良心を捨て去った。

「そ、そうなんだよ。おれってわりと見た目詐欺っていうか、優男系だけど持久力が売りな感じ？　訓練的には一対一に近い感覚で、人数は覚えてないけど十人を超えるくらいだったかなー。戦闘競技会用の装備で前後半の砂時計六反転走るには、やっぱ持続性のある腕力だからね。ニナを完璧に守るためにも……」

「その通りだな。行動の基本となる身体能力があってこそ、騎士は長大な大剣を手に硬化銀製甲冑をまとい、競技場で自在に戦うことが可能となる」

――乾いた声がふともれた。

団員たちは寒気を感じて声の主を見る。

忘れていたわけではない。しかし通常であればリヒトがニナを言葉巧みに懐柔した時点で、剣帯に手をかけるか拳をにぎるか、椅子ごと蹴倒すかしていたはずだ。だから一同はリヒトをふくめて迂闊にも、離れた席で食後のハーブ茶をかたむけるロルフに注意を払ってはいなかった。

騎士人形のごとき秀麗な顔に奇妙なほど静かな表情を浮かべ、ロルフはリヒトを冷ややかに見すえる。

「ただの騎士でもそうなのだ。弓の守護を担う盾のおまえには、より強靭で屈強な体格をつくる必要がある。疑いを知らぬ弓の純真な心を守るためにも、火の島杯まではこれより毎朝、団舎の林道を十九周……いや、譲歩して十七周程度、走り込む必要があるだろう。季節を考えれば過酷な日課だが、〈不埒な重し〉をぶらさげて歩けるおまえには造作もない児戯だと、おれの異名と剣にかけて勧めるが、どうだ?」

つまりそれは、さまざまな所業への罰としての走力訓練を了承しなければ、ニナに〈不埒な重し〉の意味を説明し、〈隻眼の狼〉たる剣技をもって仕置きをする――という脅迫か。

将来の破石王を期待されるリーリエ国騎士団の一の騎士は、妹の害虫を駆除する分野においても一の騎士なのか。退路を完全に断たれたリヒトが、啄木鳥のごとくうなずいたとき、団舎の鐘が午後を告げた。

ロルフは席を立つと、では行くか、とニナに声をかける。はい、と表情を引き締めて答えた姿に、展開が読めないリヒトは、困惑の様子で兄妹を交互に見た。

兄のもとに小走りに駆けより、ニナは少し恥ずかしそうに告げる。

「今日は兄さまに騎乗を教えていただけることになったんです。国家騎士団員ともあろうものが、一人で移動できないのは緊急時に不便だし、競技会のたびに不愉快な光景を見せられるのは我慢できないって。本当にそうですよね。いままでリヒトさんのご好意に甘えていましたが、言われてすごく反省しました」

不愉快なのは馬に乗れない妹ではなく、乗れない妹を嬉々として相乗りさせる自分の方だろう。

リヒトはそう確信した。この隠し玉があったからこそ、自分がニナを丸めこむのを静観していたのかとも思ったが、どこか不安そうに見つめてくる青海色の瞳に、反射的に出かけた制止の声をのみ込んだ。

――そうだよね。こういうのが駄目なんだ。

〈おさわり〉の格好の機会というよりも、自由な足を得た彼女が知らないところに行くのが怖くて、騎乗の必要性は理解していてもあえて教えなかった。過去の喪失が暗い心をささやいて、行動を強要したり制限したり。だけどそんなことをくり返していたら、信じてくれている〈親切で優しくて面倒見のいい素敵な人〉には、きっとなれない。

誰の目にも触れさせずに閉じこめたい気持ちは変わらないけど、君の翼をつかんじゃいけない。心のなかの譲れない王国を、尊重して並び立てる強さがほしい。

ささやかでも――まずは小さな一歩から。

リヒトは短く息を吐くと、柔らかい苦笑を浮かべる。がんばって、気をつけてね、と右手をあげた。

ロルフは少し意外そうに残された隻眼を見ひらいたが、口に出してはなにも言わなかった。

連れ立って食堂を出た兄妹は結局、身体の後ろでぐっと軍衣をにぎりしめた、我慢を表現しているリヒトの左手を見ることはなかった。

ロルフとニナはそのまま、東の勝手口から団舎の横手にある厩舎へと向かった。

季節は初夏の六月。爽やかな太陽に獅子のたてがみのごとき黒髪を輝かせた兄と二人になるのは、およそ二カ月ぶりだ。

幸福感に頬を染めたニナは、不意にあることを思いだす。港街ジェレイラの桟橋でキントハイト国騎士団副団長ユミルから聞かされた、同国団長イザークと兄の一対一。

不躾かと迷ったが、純粋な興味に動かされ、歩きながら口を開いた。

「あの、兄さま。よけいなことかも知れないのですが、訓練をかねておこなった〈極めて不本意な私用〉は、どうでしたか？」

おずおずとした問いかけに、ロルフは眉間に深いしわをよせる。

「…………言葉通りの、〈極めて不本意な私用〉だった。武勇と人格の高潔さは比例しないと痛感させられる、激憤に我を忘れた、激しくも規格外の時間だった」

ニナは首をかしげた。

微妙に引っかかる気もするし、悪い遊びを教えてなければいいと、意味ありげに笑っていた副団長ユミルの姿が脳裏をよぎる。けれど冷静な兄が理性を失うほどだと表現するのなら、誇り高い一の騎士同士の、卓絶した剣技が織りなす崇高な勝負の時間だったのだろう。

――観戦できなくて本当に残念でした。火の島杯でイザーク団長に会えたら、勝敗の数とか兄さまの戦い方とか、お話だけでもうかがいたいです。……そうです。再会というならメルさんも。島中の強い騎士が集まる競技会なら、もしかしたらお見かけする機会もあるでしょうか。

ふと足を止め、ニナは東の空に顔を向ける。

南方地域で偶然に出会い、短い間だったけれど盾になってくれた少女騎士を思い、懐かしい慕(した)わしさに目を細めた。

「――ご苦労だったな。メルティス・ヴィクトル・テオドニウス。委細(いさい)は指示役であるおまえの〈先生〉から、報告を受けている」

壇上(だんじょう)から聞こえてくる傲慢(ごうまん)な響きの声。

旅の名残(なごり)も残る外套(がいとう)姿のまま、男の前で片膝をついたメルは静かに頭(こうべ)をたれた。

一年の半分を冬の息吹(いぶき)に支配される北方地域。六月ながら夏の気配にはほど遠い、しんと冷えた城の空気に、白銀の髪が氷の結晶のごとく煌(きら)めいた。

「南方地域における数々の〈抹殺〉と〈調査〉。とくに港街ジェレイラで競技会の〈主催者〉を消したのは手柄だ。あれも志を同じくするバルトラムの民。拷問されたとて容易に口は割らぬだろうが、硬化銀の密造剣より我が国に不審を抱いたキントハイト国は油断ができぬ。しかし猛禽の件で後れをとった恨みか、よもや我らの計画を察知したうえで逆手に取り、〈主催者〉も実行犯もまとめて捕縛を試みてくるとはな。追手の処理は？」

「……問題ありません。わたしの役目は〈主催者〉の計画を見届け、不測の事態が生じれば適切に助力し、〈抹殺〉をふくめた対応をすること。タルピカ国から追跡してきたキントハイト国の手のものは、東方地域に入ってまもない山中にて」

「ならばいい。硬化銀製武器の出所として疑念を持たれているのは承知ながら、いま少し時間を稼ぎたい。夫人杯の〈主催者〉である首謀者は失われ、優勝隊を襲った実行犯は現地で集めた名もなき輩。襲撃の場として用意した帆船と密造剣は物証となろうが、すぐに我らと結びつく証拠品とはならぬ。老王陛下なら憂慮されたろうが、慎重も度が過ぎればただの臆病だ。あの調子ではご存命のうちに、国家連合三百年の忌まわしい歴史に終止符を打つことはできぬ。正義と死を司る女神モルスの子メルティスよ。意思を捧げた人形としての行動こそが、我らの宿願を果たすのだ」

頭をさげたまま、メルははい、と直答する。

承諾の意を返すのは当然だ。というより彼女のなかには、与えられた命令に従う以外の意識がない。

国家連合は火の島を誤った方向に導く災厄そのもの。古代帝国の〈最後の皇帝〉の血を引き、尊い名を受け継いだバルトラム国王家には、歪んだ世界を正す必要が――矛盾の犠牲となった先王テオドニウスの無念を晴らす使命があり、自分はその意を遂行する手足だ。

仲間とともにそう教えられて育った。昼に太陽がのぼり夜に月が浮かぶごとき摂理として。疑問を持ったことなどいちどもない。そもそも疑問とはなにかさえわからない。彼女は女神モルスに意思を捧げた、人形であるのだから――けれど。

――あれは、なんだったのだろう。

冷たい床で恭順の意を示しながら、メルはぼんやりと考える。

南の地で会った〈少年騎士〉。指示役に命じられた〈調査〉の対象。見て、聞いて、記憶した。わたしはじょうずにできたと思う。だけど彼女といると不思議な現象が起こった。生まれて初めての経験。無意識のうちに、身体が勝手に動くのだ。

千谷山で見た強いだけの印象とはちがう、実際の〈少年騎士〉はひどく不安定な存在だった。緊張して謝る、怯えて心配する、笑って喜ぶ、泣いて微笑む。同じ小柄ながら力を入れればたやすく折れるだろう、ちっぽけな身体でせいいっぱいの表情や感情が、胸に穿たれた空洞をなぜだか満たした。

頼りなく肩をふるわせた泣き顔に腕がのびかけた。相手騎士に距離を詰められた危機に走っていた。船に消えた小さな姿に大剣を抜き払って探して、手と手が触れて混乱した。かけられた言葉と与えられた役目で頭のなかに嵐が起こって、気がついたら彼女に剣を向けた〈主催者〉を斬っていた。

指示役は褒めてくれたけど、あれがメルティスとメルのどちらの行動かわからない。ベティに言われた〈守る〉だったのか、自分はメルが楽しかったのかもわからない。

そのほかにもたくさん。

不思議が――初めてが、たくさん。

空洞に渦巻いた熱い潮流のような、あれはなんだったのだろう。知らない。人形のメルにはなにも理解できない。

だって考えてはいけない、意思を持ってはいけない。宿願を果たすため、正義と死の女神モルスの子としてつくられたメルには、与えられた行動のほかが存在しない。それなのに。

――ああ、まただ。

メルは己の手が外套のポケットにのびていたことに気づいた。

指先が感じるのは硬い薬壺の感触だ。〈少年騎士〉が自分にくれたもの。頭の痒みは役目に関わると増悪する。自分がメルティス・ウィクトル・テオドニウスである以上、当たり前に下される命令は日常だ。いままでもそうで、これからもつづく。気休めの薬を塗っても無駄だと知っていて、それでも捨てられずに持っている。

壇上の椅子に座った男は、渡された報告書に目をとおす。

手足として仕込んだモルスの子らと各国に放った間諜。時はすでに近い。武器として欲した騎士もおよそ集まった。捕まえそこねたガルム国の猛禽同様、施政や社会から弾かれた使い勝手のいい道具たち。

満足げに笑い、確認を終えた男は立ちあがった。

永久凍土の純白に金の竜がとぐろを巻くバルトラム国旗を後背に、剣を手に虚空を見すえている正義と死の女神モルスの像。北方地域を冷然と支配する四女神の使徒のごとく立ち、メルに顔をあげさせる。

「西方地域で壁となる国はやはりキントハイト国とリーリエ国。〈狩人〉と〈狼〉は事前に手を打つ必要があるだろうが、〈少年騎士〉はどうだった。毛色が異なる相手ゆえ判断は難しいが、千谷山の一件を見るかぎり落とすべきだと指示役は伝えてきた。間近で見たおまえはどう答える。モルスの子メルティスよ」

モルスの子メルティス——それは存在の意味を知らせる祝福の名前。

すべてを奪う呪いの名前。

メルは薬壺から手を離した。

後頭部にじわりとした痒みを覚えながら、無機質な人形は、人形としての正解をただ口にする。

「……身体能力こそ劣り不安定な部分はありますが、機能した弓術は脅威です。尊い生贄を確実にモルスに捧げるには、遠距離からの攻撃は障害となる可能性があります。ゆえにメルティス・ウィクトル・テオドニウス。偉大なる先王の名を戴きしものとして、〈少年騎士〉は排除すべき対象だと、進言いたします——」

※この作品はフィクションです。実在の人物・団体・事件などにはいっさい関係ありません。

集英社オレンジ文庫をお買い上げいただき、ありがとうございます。
ご意見・ご感想をお待ちしております。

● あて先
〒101-8050　東京都千代田区一ツ橋2-5-10
集英社オレンジ文庫編集部 気付
瑚池ことり先生

リーリエ国騎士団とシンデレラの弓音
—翼に焦がれた金の海—

集英社
オレンジ文庫

2020年8月25日　第1刷発行
2020年9月14日　第2刷発行

著　者　瑚池ことり
発行者　北畠輝幸
発行所　株式会社集英社
〒101-8050東京都千代田区一ツ橋2-5-10
電話【編集部】03-3230-6352
【読者係】03-3230-6080
【販売部】03-3230-6393（書店専用）
印刷所　大日本印刷株式会社

※定価はカバーに表示してあります

ISBN 978-4-08-680336-6 C0193